Bianca

W9-CPP-805

DESAFÍO PARA DOS CORAZONES
MICHELLE CONDER

Editado por Harlequin Ibérica.
Una división de HarperCollins Ibérica, S.A.
Núñez de Balboa, 56
28001 Madrid

© 2016 Michelle Conder
© 2017 Harlequin Ibérica, una división de HarperCollins Ibérica, S.A.
Desafío para dos corazones, n.º 2518 - 11.1.17
Título original: Defying the Billionaire's Command
Publicada originalmente por Mills & Boon®, Ltd., Londres.

I.S.B.N.: 978-84-687-9125-8
Depósito legal: M-38429-2016
Impresión en CPI (Barcelona)
Fecha impresion para Argentina: 10.7.17
Distribuidor exclusivo para España: LOGISTA
Distribuidores para México: CODIPLYRSA y Despacho Flores
Distribuidores para Argentina: Interior, DGP, S.A. Alvarado 2118.
Cap. Fed./Buenos Aires y Gran Buenos Aires, VACCARO HNOS.

Capítulo 1

SE DECÍA a menudo que Dare James era un hombre que lo tenía todo. Sin embargo, él no siempre estaba de acuerdo. Tenía el atractivo de un galán de la gran pantalla y la fuerza física de un atleta. Le gustaban los coches caros y las mujeres más caras todavía. También tenía casas en los lugares más bonitos del planeta.

Dare había llegado a millonario a la edad de treinta años. Gracias a su propio esfuerzo y a su determinación, había partido de cero y, en el presente, tenía casi todo lo que un hombre podía desear.

Lo que no tenía era la habilidad de lidiar con los idiotas, sobre todo si eran idiotas pomposos y engreídos a los que les daba igual que el mercado de valores subiera y bajara, siempre y cuando su propia fortuna no se viera afectada.

Dare se recostó en el asiento, poniendo los pies sobre el escritorio.

—No me importa que él piense que deberíamos bajar el precio de las acciones —le dijo Dare por teléfono a su jefe financiero—. Te estoy diciendo que lo mantengas. Si quiere cuestionar mi forma de actuar, puede irse con su empresa a otra parte.

Después de colgar, repasó la lista de tareas pendientes.

—¿Problemas?

Dare miró hacia la puerta, donde estaba parada su

madre. Ella había volado desde Carolina del Norte la noche anterior y había hecho una parada en Londres para verlo antes de continuar su viaje hacia Southhampton, donde iba a visitar a una amiga.

Dare sonrió y quitó los pies de la mesa.

—¿Qué haces aquí tan temprano, mamá? Deberías estar descansando.

Su madre se acercó y se apoyó en uno de los sofás.

—Quería hablar contigo.

Dare se miró el reloj. Los negocios eran lo primero para él, siempre, menos en lo relativo a su madre.

—Claro. ¿Qué pasa?

—Recibí un correo electrónico de mi padre hace un mes.

—¿Tu padre? —preguntó él, frunciendo el ceño. ¿Había oído bien?

—Lo sé —repuso ella, arqueando una ceja—. Para mí también ha sido una sorpresa.

Dare no estaba seguro de qué le extrañaba más, el hecho de que su madre hubiera recibido noticias de su abuelo o el que hubiera tardado tanto en contárselo.

—¿Qué quiere?

—Verme.

Ella se retorció las manos en el regazo. A Dare se le encogió el estómago. Cuando un hombre echaba de casa a su hija, por la elección de pareja que ella había hecho, y se ponía en contacto treinta y tres años después, algo raro pasaba. Y él dudaba de que fuera algo bueno.

—Que se vaya al diablo —dijo Dare, sin preámbulos.

—Me ha invitado a su casa para comer.

La casa en cuestión era una enorme mansión de piedra situada en una gigantesca finca en la campiña inglesa.

—No estarás pensando en ir —dijo él. Después de la forma en que el viejo había tratado a su madre, no se merecía que ella lo perdonara. Ni que se arriesgara a que le hiciera daño otra vez.

Por desgracia, podía adivinar que su madre quería aceptar la invitación.

—El viejo no ha hecho nada por ti nunca —le recordó Dare—. ¿Ahora quiere verte? Seguro que tiene una razón oculta. Lo sabes, ¿verdad? O bien necesita dinero o se está muriendo.

—¡Dare! —lo reprendió su madre—. No sabía que pudieras ser tan cínico.

—No soy cínico, mamá, sino realista —comentó él, suavizando su tono—. Y no quiero que te hagas esperanzas de que esté arrepentido por haberte echado de casa hace años. Debes recordar que no puedes fiarte de él.

Dare sabía que sonaba muy severo, pero alguien tenía que cuidar de su madre. Él llevaba haciéndolo durante tanto tiempo que se había convertido en un hábito.

—Es mi padre, Dare —señaló ella—. Y ha entrado en contacto conmigo. No puedo explicarlo bien, pero siento que debo hacerlo.

Sin embargo, Dare era un hombre que se regía por los hechos, no por los sentimientos. Y, en lo que respectaba a su abuelo, Benson Granger, barón de Rothmeyer, llegaba demasiado tarde.

Su madre había necesitado su ayuda hacía años. Pero ya no lo necesitaba.

—Mencionó que había intentado comunicarse conmigo antes.

—No lo intentaría demasiado. Tú no estabas escondida en ninguna parte, que yo sepa.

—No, pero tengo la sensación de que tu padre igual tuvo algo que ver en eso.

Dare afiló la mirada. Odiaba pensar en su padre y, más aún, hablar de él.

—¿Por qué dices eso?

–Una vez, cuando tú eras pequeño y yo todavía creía en él, me dijo que se había asegurado de dejarle claro a tu abuelo que me había perdido para siempre. Yo no le di muchas vueltas entonces, pero ahora me pregunto qué lo llevó a decir eso. Además, sabes que tu abuelo no tenía ni idea de tu existencia hasta que yo se lo mencioné.

–Bueno, sabrá que existo porque, si decides ir, no te dejaré hacerlo sola.

–¿Crees que debería ir?

–Claro que no. Creo que deberías borrar su mensaje y fingir que nunca lo has recibido.

Su madre suspiró.

–Eres uno de sus herederos, Dare.

–Eso no me importa. No tengo interés en heredar ese montón de piedras que seguramente estará cargado de deudas.

–La mansión Rothmeyer es muy hermosa, pero... no puedo dejar de pensar que cometí un error al mantenerte alejado de tu abuelo cuando tu padre murió. Él es tu único pariente vivo por mi parte de la familia, además de tu tío y tu primo Beckett.

Dare se acercó a su madre y la tomó de las manos.

–Mírame, mamá –pidió él y esperó a que su madre alzara hacia él sus grandes ojos azules–. Hiciste lo correcto. No necesito a mi abuelo. Nunca lo he necesitado.

–Cambió después de que murió mi madre –explicó ella en voz baja, como si estuviera recordando algo doloroso–. Nunca había sido muy expresivo, pero se volvió mucho más distante después de eso. No dejaba que nadie se le acercara.

–Vaya joya –comentó él, arqueando una ceja.

Su madre sonrió. Tenía cincuenta y cinco años, pero seguía siendo una mujer muy atractiva. Además, había dejado atrás los años difíciles y había recuperado la tranquilidad.

Esa era una de las razones por las que a Dare no le gustaba que su abuelo hubiera contactado con ella. Su madre era feliz y no necesitaba que le recordaran el pasado.

—Nuestra mala relación no fue solo culpa suya —continuó su madre—. Yo era muy impetuosa y... al final él tenía razón respecto a tu padre. Yo era demasiado orgullosa como para reconocerlo.

—No puedes culparte a ti misma.

—No, pero... es muy raro, antes de que recibiera ese mensaje suyo llevaba un tiempo soñando que volvía a esa casa. Es casi como una premonición.

Dare no creía en premoniciones ni en cuentos de hadas.

—Lo que creo es que, tal vez, necesites cerrar ese capítulo de tu vida. Yo te apoyaré en todo lo que pueda. Incluso te acompañaré, si es lo que quieres.

Ella le dedicó una radiante sonrisa.

—Esperaba que dijeras eso porque, cuando le conté que tengo un hijo, me dijo que quería conocerte.

Genial, pensó Dare. Justo lo que necesitaba, una reunión familiar.

—¿Cuándo es esa comida a la que te ha invitado?

—Mañana.

—¡Mañana!

—Lo siento, cariño. Debí haberte avisado antes, pero no estaba segura de que quisiera aceptar, hasta hoy.

—¿Quién asistirá? —preguntó él, empezando a ponerse en situación.

—No lo sé.

—¿Volvió a casarse? ¿Tienes madrastra, por casualidad?

—No, pero comentó que había alguien quedándose en su casa.

—¿Una mujer?

–No lo sé –repuso su madre, encogiéndose de hombros–. No me lo ha dicho.

–No importa. Le pediré a Nina que me reorganice la agenda –señaló él y frunció el ceño–. Saldremos a las...

Su madre meneó la cabeza.

–Le prometí a Tammy que la vería en Southhampton esta tarde y no puedo cancelarlo. ¿Por qué no nos encontramos en la mansión Rothmeyer mañana a eso de las doce?

–Si es lo que quieres, está bien –contestó él–. Mark te llevará. Le pediré que se quede a pasar la noche allí para facilitar las cosas.

–Gracias, Dare. No podría haber tenido un hijo mejor que tú, ¿lo sabes?

Dare se levantó y la abrazó.

–Y tú sabes que haría cualquier cosa por ti, mamá.

–Sí, lo sé. Y lo aprecio.

Percibiendo un atisbo de tristeza en su voz, Dare se preguntó si ella estaría pensando en su padre. Estar a su lado había sido una montaña rusa emocional, hasta el día en que había muerto, cuando él tenía quince años.

Para algunos, su padre había sido un soñador, para otros, no había sido más que un estafador. Lo único valioso que Dare había aprendido de él había sido cómo detectar a un farsante a primera vista.

Había sido una buena lección que lo había ayudado a hacer más dinero del que había podido soñar. Había soñado muchas veces con ser rico, durante los largos años que había vivido en un barrio pobre a las afueras de una ciudad de Estados Unidos.

En aquellos tiempos, había aprendido, también, mucho sobre relaciones humanas. Había aprendido que los amigos estaban ahí siempre y cuando uno les diera lo que querían. Por eso, había decidido contar solo consigo mismo y no confiaba en apenas nadie.

Cuando, a los dieciocho años, había descubierto que su madre provenía de un linaje aristocrático, eso solo le había hecho estar todavía más resentido con su abuelo por haberla apartado de la familia. Su madre se había visto obligada a tener tres empleos para poder llegar a fin de mes. Por eso, él nunca había querido conocer a nadie de su familia materna. Y seguía sin desearlo.

Sin embargo, los conocería. Y no esperaría al día siguiente a la hora de comer. Iría a verlos esa misma tarde.

Si Benson Granger pensaba que podía amenazar la felicidad de su madre, estaba muy equivocado.

Y, aunque no le resultaba muy conveniente ir a Cornwall esa tarde, le daría la oportunidad de probar su nuevo juguete en la carretera.

Dare sonrió. Por primera vez, le gustó la idea de ir a la mansión Rothmeyer. Quizá fuera hora de que le dejara claras unas cuantas cosas a su abuelo.

Los habitantes de la aldea Rothmeyer decían que era el mejor verano que habían pasado en años. Días cálidos y agradables, con una suave brisa por las noches.

En la mansión Rothmeyer, en la enorme finca que ocupaba la mitad de la aldea, Evans salió de la piscina, agotada de tanto nadar.

—Quien dijo que hacer ejercicio aumenta la secreción de endorfinas mentía —farfulló Carly.

No había nadie más en la piscina, a excepción del pequinés del barón, que estaba tumbado a la sombra como si fuera una alfombra.

Carly había estado haciendo largos en la piscina y corriendo durante su tiempo libre desde que había llegado allí hacía tres semanas. Pero solo había conseguido sentirse cansada y dolorida.

Aunque tampoco tenía motivos para quejarse. Tra-

bajar como la doctora personal del viejo barón de Rothmeyer era un empleo envidiable. El entorno era es-
pectacular y ella tenía que quedarse a vivir en la casa,
pues el viejo iba a someterse a una operación de vida o
muerte dentro de dos semanas.

Sin embargo, su empleo terminaría pronto y tendría
que cambiar de lugar. Eso le parecía bien a Carly que,
para disgusto de sus padres, se había convertido en una
especie de gitana errante en el último año.

Haciendo una mueca al pensarlo, se colocó el pelo,
largo y pelirrojo, a un lado de los hombros. Ella no tenía nada de gitana errante. Hasta hacía un año, había
estado trabajando a destajo en uno de los mejores hospitales de Liverpool.

Hasta que su mundo se había puesto cabeza abajo y
todo se había hecho pedazos.

Agarrando una toalla, se secó la cara y el cuerpo.
Tomó el teléfono y se tumbó en la hamaca, decidida a
no darle más vueltas al pasado.

–Si no te enfrentas a las cosas, los granos de arena se
convertirán en montañas –le había advertido su padre.

Con un nudo en la garganta, recordó a su familia, a
la que amaba. A su padre, su madre y su hermana.

Para distraerse, abrió su correo. Tenía un mensaje de
sus padres que, seguramente, querían saber si estaba
bien. Tenía otro de una vieja amiga y otro más de la
agencia de trabajo temporal donde estaba apuntada.

Abrió el mensaje de trabajo, que le informaba de que
tenían otro empleo para ella cuando terminara en la
mansión Rothmeyer. Su formación como médico le
aseguraba multitud de oportunidades laborales. Por el
momento, nunca se había quedado parada. Y estar ocu-
pada era bueno, pues así no tenía tiempo para pensar en
sus errores del pasado.

Sin embargo, no estaba lista para decidir cuál iba a

ser su próximo movimiento, así que cerró el mensaje sin responderlo y abrió el de sus padres. Sí, como esperaba, le preguntaban cuándo iban a volver a verla y si había tomado decisiones respecto a su futuro.

Carly suspiró y cerró ese mensaje también.

Hacía un año, su preciosa y dulce hermana había muerto de una rara y agresiva forma de leucemia. Para colmo, el novio de Carly había estado siéndole infiel, en vez de apoyarla en aquellos momentos tan difíciles.

Aunque era cierto que Carly no había buscado apoyo en Daniel esos meses. Como era un cardiólogo muy importante, él solía estar siempre ocupado. Además, su relación nunca había sido de demasiada confianza.

Él la había invitado a salir porque la respetaba profesionalmente y ella había aceptado porque se había sentido halagada por sus atenciones. Luego, Liv se había puesto enferma y todo se había hecho pedazos. Daniel le había echado en cara todo el tiempo que había pasado con su hermana y había empezado a cuestionar todo lo que ella había hecho, acusándola incluso de serle infiel y usar a su hermana enferma como tapadera.

Al final, Carly había descubierto que había sido él quien la había estado engañando. Encima, todo el mundo en el hospital lo sabía y nadie se lo había dicho.

Sintiendo el calor del sol sobre la piel, se puso unos pantalones cortos de punto y tomó la pequeña cajita joyero de terciopelo negro que le había llegado esa mañana.

Todavía sin creerse del todo lo que contenía, volvió a abrirla y admiró el maravilloso collar de rubíes que descansaba sobre el interior de seda azul.

Para que haga juego con tu pelo, rezaba la tarjeta seguida de una pomposa firma que delataba el gran ego del nieto de Benson, Beckett Granger.

Sacando el collar, ella meneó la cabeza. Para empezar, su pelo era más anaranjado que el color rubí. Si

Beckett había esperado impresionarla con su agudeza, no lo había logrado.

Si pensaba impresionarla con el dinero que costaba el regalo, tampoco había conseguido su objetivo. Ella era demasiado práctica como para dejarse deslumbrar por joyas. Todavía llevaba los pequeños pendientes de diamantes que sus padres le habían regalado hacía diez años.

Pero tenía que reconocerle, al menos, el mérito del acercamiento. El collar era, sin duda, el paso más caro que un hombre había dado para buscar su atención. A lo largo de los años, algunos pacientes, o parientes de pacientes, o médicos, habían intentando ganarse sus favores. Pero el pomposo nieto de Benson se llevaba la palma.

Lo malo era que, aunque no estuviera recuperándose de su ruptura con un médico con complejo de dios, Carly nunca se habría fijado en Beckett. Había algo en él que le provocaba desconfianza. Además, el tipo actuaba como si tuviera derecho a conseguir lo que quería. En otra ocasión, cuando ella había declinado su invitación a cenar, él había parecido a punto de tener una rabieta de niño pequeño y mimado.

Como Benson no quería que nadie supiera lo de su enfermedad, Beckett pensaba que ella era la hija de un amigo de su abuelo. Aunque eso no le había impedido acorralarla una noche en la que había estado bebido. Su intento de seducirla había sido bastante ridículo y lo más probable era que él se hubiera avergonzado a la mañana siguiente.

Por otra parte, era muy esclarecedor el que Benson les hubiera confiado a sus empleados que estaba enfermo y, sin embargo, no le hubiera contado nada a su propio nieto.

A pesar de todo, aunque el tipo en cuestión no hubiera tenido ni un fallo, Carly no le habría seguido el juego. Complicar su vida con una relación era lo último que necesitaba. Sobre todo, cuando había demostrado tener tan poco juicio en lo referente a elegir pareja.

Su padre aseguraba que lo único que necesitaba era un plan para retomar fuerzas. Tal vez, podía terminar su doctorado en cirugía. Pero ella no estaba segura de querer seguir siendo médico y, menos aún, cirujana.

El collar de rubíes le pesó en la mano, el sol en los hombros. Iba a tener que devolvérselo a Beckett lo antes posible.

Cuando iba a ponerse la camiseta, los exaltados ladridos de Gregory la sobresaltaron.

Carly frunció el ceño, mirando al pequeño y consentido pequinés, que tiraba de su correa como un poseso.

—Basta, Gregory. Si sigues ladrando así, van a venir los bomberos. ¿Qué te pasa?

Cuando el perro miró hacia el bosque, ella cometió el error de seguir su mirada y el animal aprovechó su descuido para zafarse de la correa.

—No, Gregory —gritó ella, frustrada—. Párate. Maldición —murmuró, mientras el pequinés corría como una bala por el césped—. ¡Vuelve aquí!

Nada sería más inadecuado que el que se perdiera la adorada mascota de Benson justo antes de la operación. Carly nunca se lo perdonaría a sí misma.

Murmurando una retahíla de maldiciones, se puso las chanclas y corrió tras el insoportable animal.

A mitad de camino, gracias a que estaba en forma, ella empezó a ganarle terreno. Pero Gregory se escabulló entre los arbustos en la zona del bosque.

—Gregory, te odio —dijo ella, pensando que se lo entregaría a la cocinera para que hiciera sopa con él. Apartó las ramas bajas para poder pasar, arañándose los brazos y las piernas—. Gregory, maldición, ven aquí. ¡Como te llenes de pinchos, te voy a mandar a ese peluquero de perros que tan poco te gusta!

Carly giró a la izquierda y se detuvo al borde de un claro. Una familia de conejos tomaba el sol ajena a todas las preocupaciones del mundo. De pronto, Gregory salió de detrás de un roble como una bala, dándoles un susto de muerte a ella y a los conejos.

–Gregory, no –gritó Carly, corriendo tras él. Los conejos salieron corriendo también, mientras el más grande, probablemente la madre, se ponía a tiro para llamar la atención del perro.

De ninguna manera iba a dejar que matara a mamá conejo, se dijo Carly de mal humor. Estaba tan concentrada en perseguir al desobediente perrito que no oyó la moto que se acercaba por la curva del camino hasta que fue demasiado tarde. En cámara lenta, se dio cuenta de que no iba a ser capaz de detener su carrera a tiempo y adivinó que iba a morir con el estúpido collar de Beckett todavía en la mano.

Medio resignada a que el vehículo la atropellara, se resbaló, cayó de nalgas y rodó hacia el arroyo embarrado que corría a un lado del camino.

Se quedó paralizada, parpadeando perpleja de cara al cielo.

Escuchó una maldición y una cabeza masculina tapó el cielo sobre sus ojos. Era, más bien, una enorme figura oscura a trasluz. Entonces, él se arrodilló a su lado.

Si se había quedado sin respiración antes, no fue nada comparado con lo que le sucedió al mirar unos ojos tan azules que podían haber sido el mismo cielo. Combinados con su cabello castaño rizado, fuerte mandíbula y nariz recta, el extraño tenía el tipo de cara que una podía quedarse mirando para siempre.

–No te muevas –dijo el hombre con voz baja y grave, tintada de autoridad.

Ella obedeció.

Embobada, siguió mirando cómo la chaqueta de cuero

se le ajustaba a unos anchos hombros y un pecho que parecía una pared. No salió de su ensimismamiento hasta que el hombre comenzó a recorrerle brazos y piernas con las manos.

–¿Qué estás haciendo?

–Comprobando si te has roto algo –repuso él con tono cortante.

–¿Eres médico?

–No.

En realidad, no tenía pinta de médico. Carly nunca había visto a uno embutido en una chaqueta de cuero negro.

–Estoy bien –farfulló ella, aunque no estaba segura. Intentó incorporarse sobre los codos.

–Estate quieta –ordenó él.

–He dicho que estoy bien –insistió ella. Cuando le apartó la mano de la pierna, él estuvo a punto de perder el equilibrio.

–Bien –dijo el hombre tras observarla unos instantes y se levantó–. Quizá puedas explicar por qué has atravesado la carretera corriendo de esa manera. Podía haberte matado.

Carly echó un vistazo a la enorme moto que había parada en medio del camino. Parecía sacada de una película de Batman. Recordó cómo el vehículo la había esquivado en el último momento, trazando un impecable arco. Aquel tipo había ido a toda velocidad, como si hubiera estado echando una carrera, ¿y quería culparla a ella de lo ocurrido?

–¿No me digas? Si has estado a punto de matarme, es porque ibas conduciendo como un loco por un camino estrecho de tierra.

Dare posó los ojos en la bella pelirroja que le lanzaba fuego por unos ojos que eran demasiado grises para ser verdes y demasiado verdes para ser grises.

–No iba como un loco –protestó él. Apenas había alcanzado los setenta por hora.

–Sí, ibas demasiado rápido. ¡Y estabas hablando por teléfono!

–No te pongas histérica. No estaba hablando por teléfono. Estaba comprobando la posición por satélite –puntualizó él.

–¡Tenías un teléfono en la mano mientras ibas en la moto! ¡Eso es ilegal!

–Cálmate. He podido controlar la moto y no ha pasado nada.

–Por los pelos. ¡Es ilegal!

Dare se fijó en el escaso atuendo que ella llevaba, unos pantalones muy cortos y un bañador rosa, y sonrió.

–¿Y qué vas a hacer? ¿Arrestarme?

Ella lo miró como si fuera capaz de hacerlo.

–¿Quién diablos eres?

–¿Quién lo pregunta? –replicó él. Dudaba que fuera la invitada de su abuelo, pues parecía demasiado joven y... sexy. Seguramente, sería una de las empleadas. Tal vez, la encargada de limpiar la piscina.

–Yo –afirmó ella, apretando los labios.

Cuando Carly iba a levantarse, él le tendió la mano, pero ella ignoró su oferta de ayuda. A Dare no le sorprendió, aunque no estaba de humor para aguantar tonterías de la mujer que casi le provoca un infarto al haber salido corriendo delante del camino de esa manera.

–Dame la mano –dijo él, sujetándola del codo cuando ella intentó apartarse.

En cuanto estuvo en pie, Carly se zafó de él como si le quemara.

–No necesito tu ayuda.

–Escucha, jovencita, gracias a mis rápidos reflejos estás aquí para contarlo. Podías demostrar algo de gratitud.

–No me digas. Gracias a tu conducción inconsciente ahora estoy toda dolorida, sobre todo... –comenzó a decir ella y se interrumpió cuando vio cómo él le miraba el trasero que se frotaba con las manos.

–¿El trasero?

–Da igual.

–¿Cómo es que no oíste que se acercaba una moto?

–Es un camino privado y estaba persiguiendo a un perro –explicó ella, lanzándole una mirada de asco a la moto–. No esperaba que un loco apareciera a toda velocidad.

–¿Un perro? –preguntó él. Se desabrochó la cremallera de la chaqueta y se puso en jarras–. ¿Qué clase de perro?

Cuando Dare se dio cuenta de que ella le estaba mirando el pecho, el musculoso abdomen y, luego, la brageta, la sangre le subió varios grados de temperatura, casi como si lo hubiera tocado.

Como si hubiera notado su reacción y temiera que fuera un violador, Carly dio un paso atrás y se aclaró la garganta.

–Un perro muy grande, para que lo sepas.

Sin poder evitarlo, él posó los ojos en sus pechos turgentes, cubiertos solo por el bañador, y en las piernas más largas y mejor torneadas que había visto en su vida.

–¿Qué estás mirando?

Dare levantó la vista hacia ella. Sus ojos eran verdes, decidió. Y consciente de cómo la observaba con masculina admiración.

–Tus piernas –repuso él con una sonrisa–. Las llevas muy a la vista. No puedes culpar a un hombre por mirar.

–¿Cómo dices? –le increpó ella, lanzándole puñales con la mirada.

La verdad era que se había pasado un poco, reconoció Dare para sus adentros. No había ido hasta allí para tirarle los tejos a una de las empleadas de su abuelo. Además, no estaba tan desesperado por conseguir compañía femenina.

—Mira...

—¿Cómo te atreves? —protestó ella, apuntándolo al pecho con un dedo—. Llevo bañador porque hace calor y acabo de estar nadando.

—Y estabas buscando un perro. Lo entiendo. Pero...

—No tengo que dar explicaciones a un tipo como tú.

Dare afiló la mirada.

—¿Como yo?

—Eso he dicho. ¿Es que estás sordo? ¡Oh, no! —exclamó ella—. ¡Mi collar! —dijo y se giró—. No puedo haberlo perdido.

Dare suspiró. Estaba cansado después de haber conducido hasta allí y de mal humor por haber tenido que aparcar su día de trabajo en la oficina. No tenía ganas de aguantar insultos de una chica maleducada y sexy.

—¿Cómo es?

—Es una cadena de oro con un colgante de rubí...

—¿De verdad?

Dare se dirigió a un arbusto donde había visto brillar algo cuando había ido corriendo hacia ella. Agarró la cara joya en la mano y soltó un silbido de admiración. Sin duda, ella no debía de ser una simple empleada.

—Muy bonito. No estoy seguro de que pegue con la ropa que llevas. Un biquini te quedaría mejor.

—No lo llevaba puesto —negó ella, incómoda y acalorada—. Es un regalo.

Dare rio.

—Ya me parecía a mí que no lo habías comprado con tu dinero, pequeña.

Ella lo observó con la boca abierta un instante.

—¿Acabas de llamarme *pequeña*?

—Oye...

–¿Qué quieres que oiga? –le interpeló ella, apuntándolo con el dedo de nuevo–. Eres un caradura. Dame eso –añadió, sonrojada de rabia.

Instintivamente, Dare levantó la mano por encima de la cabeza para que ella no pudiera alcanzarlo.

Carly no reaccionó a tiempo, perdió el equilibrio y aterrizó con las manos de pleno en el pecho de él. Sorprendida, entreabrió los labios. Sus miradas se entrelazaron.

Dare se quedó embobado. Todo desapareció a su alrededor. Solo podía pensar en desnudarla y hacerle el amor en ese instante.

De forma instintiva, la agarró de la cintura, cuando el sonido de un animal jadeando interrumpió el hechizo. Desconcertado, miró a sus pies, donde un perro del tamaño de un gato los observaba con la lengua fuera.

–¿Es el perro enorme que perseguías? –preguntó él con una sonrisa.

La pelirroja dio un paso atrás, furiosa, e intentó agarrar al perrito, que se apartó de su alcance.

–Gregory. Quieto –ordenó ella con tono de advertencia.

Dare se contuvo para no reír ante su fútil intento de dominar al pequinés.

–Toma –le dijo él, tendiéndole el collar antes de que ella saliera corriendo tras el perro–. No te olvides de tu regalo.

Dedicándole una mirada de odio, Carly le arrancó el collar de la mano y voló tras Gregory. Aunque no tenía razones para querer verla de nuevo, Dare tuvo que reconocer que deseaba hacerlo.

Meneando la cabeza, caminó hasta su moto, se puso el casco y arrancó, en dirección a la casa de su abuelo.

Capítulo 2

DARE daba vueltas como un león enjaulado en el salón de la mansión. No podía estar de peor humor, ni sentirse menos reacio a encontrarse con su abuelo. Por primera vez, se preguntó si había hecho bien al presentarse allí un día antes de lo previsto, sin haber anunciado su visita.

Mirando a su alrededor, se fijó en las paredes revestidas de madera de roble. Igual que en el dormitorio al que lo habían conducido antes para que *se refrescara,* lo que debía de ser una forma sutil de aconsejarle que se cambiara las ropas de cuero, los muebles eran exquisitos y antiguos. Teniendo en cuenta el perfecto estado de la casa y de los campos que la rodeaban, caviló que el dinero no debía de ser la causa oculta por la que su abuelo había invitado a su madre. Con lo que solo quedaba la posibilidad de que el viejo se estuviera muriendo.

Aquella idea dejó indiferente a Dare. Entonces, se fijó en la hilera de retratos al óleo que colgaba de una pared. Debían de ser sus antepasados, se dijo con un escalofrío. Se contuvo para no buscar el parecido con ellos. Él nunca sería como esa gente, ni tenía nada que ver con ellos.

Le costaba imaginarse a su madre corriendo por la casa de niña. El lugar podía ser majestuoso y cargado de historia, pero carecía de alegría por completo. Tampoco se parecía en nada a la humilde casa donde se había criado. Aunque las riquezas de su abuelo no le impresionaban. Él podía comprar diez mansiones como esa con su fortuna.

Se miró el reloj, impaciente por ver al viejo que había trastocado el mundo de su madre una vez más. Y el suyo, si lo pensaba bien.

—Disculpas por haberle hecho esperar, señor —dijo el mayordomo que lo había llevado a su habitación un rato antes, asomando la cabeza por la puerta del salón.

—No pasa nada —dijo Dare con una sonrisa educada. El pobre criado no tenía la culpa de sus problemas, así que no había por qué ser descortés con él.

—¿Quiere que le prepare algo para beber antes de la cena, señor?

—Whisky. Gracias —repuso Dare. No tenía intención de quedarse a cenar, pero tampoco había razón para informar de ello al mayordomo.

Dare posó la vista en la biblioteca de una de las paredes, las lámparas de suave iluminación y los sofás de damasco. Una alfombra persa llamó la atención, pues sus colores le recordaron al cabello de la chica en bañador. Le había parecido muy hermosa con su cabello largo, rizado y pelirrojo, como una diosa salvaje y pagana. Y esos ojos... le recordaban al musgo que creía en los árboles. Había sido una combinación impresionante, unida, además, a una piel cremosa que rogaba ser acariciada.

Le había recordado al ángel que su madre y él habían puesto en lo alto del árbol de Navidad en su infancia. Su temperamento, sin embargo, no había sido nada angelical, se dijo, pensando en cómo ella le había echado rayos con la mirada en varias ocasiones.

Algo en ella le producía deseos de provocarla. Pero no tenía tiempo para esas cosas. Aun así... no podía dejar de darle vueltas a lo mucho que le hubiera gustado sentir sus dulces curvas bajo las manos.

Dare meneó la cabeza. Tenía treinta y dos años. Ya era lo bastante mayorcito como para babear por una desconocida. No tenía sentido que su mente planeara la forma de volver a verla.

Le dio un trago a su bebida. De nuevo, se preguntó quién le había regalado a la pelirroja el caro collar que tanto había temido perder. Sin duda, había sido su amante. ¿Pero quién? ¿Su abuelo? Casi se atragantó con el whisky al pensarlo. Una mujer hermosa como esa no debería andar con un viejo decrépito como su abuelo.

Cuando levantó la cabeza, un caballero de pelo blanco y elegante vestimenta entraba en el salón.

Al fin...

Dare reconoció a su abuelo al instante. Su figura alta, de anchos hombros, su cara firme y orgullosa. De alguna manera, sin embargo, había esperado encontrarse a un viejo frágil y enfermo, y lo inesperado de la situación le hizo sentir todavía más irritado.

Ambos hombres se tomaron un momento para contemplarse en silencio.

–Dare –dijo su abuelo de pronto–. Me alegro mucho de conocerte por fin. Por favor, perdóname por haberte hecho esperar pero, si hubiera sabido de tu llegada, habría reorganizado mi agenda para esta tarde.

Dare no respondió. No tenía intención de fingir amabilidad con ese hombre. Apretó la mandíbula y, de pronto, un sutil movimiento le llamó la atención detrás del viejo. Cuando descubrió que era la chica del bañador, tuvo que hacer un esfuerzo para seguir manteniendo expresión implacable.

Tras recorrerla con la mirada de arriba abajo, comprobó que el ángel salvaje que se había encontrado hacía un par de horas no tenía nada que ver con esa mujer elegante y sofisticada. Llevaba un vestido sencillo negro por la rodilla, zapatos de tacón y el pelo recogido en un apretado moño en la nuca. No muchas mujeres podían estar guapas con ese peinado tan austero. Ella, sí.

Sus ojos color musgo le devolvieron la mirada con frialdad. No era una simple empleada de mantenimiento, como había pensado Dare al principio. Eso estaba claro. Lo que dejaba solo una posibilidad.

Aunque no era probable...

Su abuelo se giró hacia ella. Posando la mano en su espalda, la guio hacia delante.

—Por favor, deja que te presente a Carly Evans. Carly, este es mi nieto, Dare James.

Cuando ella le lanzó a su abuelo una mirada críptica, Dare apretó la mandíbula ante la comunicación silenciosa entre ambos.

Parecía que sí estaban juntos...

Obviamente, ella era la huésped misteriosa de su abuelo.

Dare apenas podía creerlo. Estaba tan sorprendido que apenas captó la forma en que ella bajaba la mirada, nerviosa, al saludarlo.

—Encantada, señor James.

Dare se sintió gratificado por su nerviosismo y su tímida sonrisa.

Cielos, era una mujer realmente preciosa, pensó, sintiendo que la temperatura le subía.

—Señorita Evans, es un placer verla de nuevo.

Ella levantó la vista sorprendida. Al parecer, no le había contado a su abuelo nada de su encuentro, adivinó Dare. Qué interesante.

—¿Ya os conocéis? —preguntó el viejo, perplejo.

Bien, se dijo Dare. Al menos, ya no era el único de los tres que ignoraba de qué iba aquello.

—Ah... sí, nos conocimos antes —dijo la chica, sonrojándose un poco—. No me di cuenta de que era su nieto.

Por alguna razón, pensé que sería más joven. Y creí que era inglés, no americano.

Solo había una razón para que una bella joven se acostara con un viejo como su abuelo, se dijo él con una sensación amarga en la boca.

–Quizá, habrías sido un poco más educada si hubieras sabido quién era yo –comentó Dare, deseando provocarla.

–No fui maleducada –replicó ella con cautela.

–Que yo recuerde, no fuiste nada amable –insistió él, arqueando una ceja.

–Casi me atropellas.

–¿Qué? –inquirió su abuelo, mientras fruncía el ceño con preocupación.

–Me llevé un susto cuando estaba cruzando el camino. No escuché llegar la moto... Pero no ha sido nada –le aseguró ella con dulzura.

–Entonces, ¿por qué lo sacas a colación?

Ella frunció el ceño.

–Yo no he hecho tal cosa. Has sido tú.

–Carly, ¿seguro que estás bien? –preguntó el viejo, visiblemente extrañado.

–Por supuesto. Gregory volvió a escaparse y, cuando lo estaba persiguiendo, salí al camino sin prestar atención.

–Vaya, una mujer que admite su culpa. Eso no se ve todos los días –se burló Dare.

Ella le lanzó una mirada matadora y, al instante, recuperó la compostura como por arte de magia.

–Lo siento si te parecí grosera en algún modo –se disculpó ella con cara de póquer–. No fue mi intención.

–¿De veras?

Con una breve mueca, ella levantó la barbilla.

Dare la atrapó con la mirada, enviándole un mensaje

silencioso. «Ten cuidado conmigo, pequeña flor. Tienes mucho que perder».

Cuando ella parpadeó, como si no tuviera ni idea de qué intentaba decirle, él estuvo a punto de aplaudir sus dotes de actriz.

–¿Qué hace ella aquí? –le preguntó Dare a su abuelo con gesto helador.

–Carly y yo habíamos quedado para tomar algo antes de cenar y, como no te esperaba, la he invitado a reunirse con nosotros. Espero que no te moleste –contestó su abuelo, un poco incómodo.

Por razones que prefería no analizar, a Dare sí le molestaba. Mucho.

–¿Y si me molesta?

Carly se quedó petrificada.

Su abuelo frunció el ceño.

–Carly es... bueno, es mi invitada.

–Qué bien –comentó Dare.

–Puedo irme –sugirió ella, humedeciéndose los labios nerviosa–. No me importa, de verdad...

–Quédate –dijo Dare, pensándolo mejor. Podía ser más útil tenerla allí para hacerse una idea de cuál era la situación.

A ella se le oscureció la mirada un momento ante su orden. Daba la impresión de ser la clase de persona a la que le gustaba mandar.

Lo mismo le pasaba a él.

El viejo Benson se aclaró la garganta para romper el tenso silencio y se acercó al mueble bar.

–¿Cointreau con hielo, Carly?

–No, gracias –respondió ella–. Tomaré agua. Pero yo sirvo las bebidas. Siéntate, Benson.

Dare la observó mientras ella servía agua y una tónica para Benson, sin tener que preguntarle qué iba a tomar. Vaya, qué bonito, se dijo. La joven guapa siguiéndole el juego al viejo decrépito, sin duda, con la esperanza de que la palmara pronto. Qué decepción.

Sin embargo, Dare no podía dejar de desearla.

Al fijarse en sus manos, comprobó que no llevaba anillo de compromiso. La bella interesada todavía tenía trabajo que hacer, pensó él con ironía.

Algo primitivo y oscuro se desató dentro de Dare. Debía de ser asco.

Solo de imaginárselos en la cama, se le revolvió el estómago. ¿Podía un hombre estar a la altura a la edad de su abuelo?

Pero Dare no había ido allí para pensar en la sórdida vida sexual de su abuelo. Había ido para averiguar por qué Benson había contactado con su madre. No se dejaría despistar por aquella impresionante joven de nuevo.

—He venido porque quiero saber por qué has contactado con mi madre —indicó él, sin preámbulos.

Un pesado silencio siguió sus palabras, suaves y letales al mismo tiempo. Carly sintió un escalofrío.

Cuando Benson le había informado de que su nieto los acompañaría a cenar, ella había creído que se había referido a Beckett. Había esperado aprovechar para devolverle el collar.

En ese momento, deseó que estuviera Beckett allí, pues no tenía ni idea de cómo lidiar con la velada hostilidad de ese arrogante americano. Tampoco sabía qué hacer con la forma en que le subía la temperatura cada vez que posaba los ojos en ella.

El barón inclinó la cabeza hacia su nieto, dejando escapar un suave suspiro.

—No esperaba que esto fuera fácil.

—¿Cómo esperabas que fuera? —preguntó Dare con frío desdén.

—Difícil —admitió el viejo.

–Me alegro de que seas realista –repuso Dare, clavando los ojos en su abuelo como un cazador que apuntaba a un gorrión con la escopeta–. Al principio, pensé que necesitarías dinero, pero después de ver el lugar, lo he descartado. Solo queda la opción de que estés enfermo o moribundo. Aunque no lo pareces.

Carly soltó un grito sofocado.

–Eso ha sido una grosería –le regañó ella, sin molestarse en contener su indignación.

Dare la clavó al sitio con una mirada asesina.

–Lo siento –dijo él con suavidad–. ¿Qué te ha hecho pensar que hablaba contigo?

Pero Carly se negaba a dejar que la intimidara. Benson era su paciente y ella tenía la obligación de velar por su bienestar hasta que le operaran un tumor cerebral del tamaño de una pelota de golf dentro de dos semanas. El barón necesitaba descanso y tranquilidad, no agresiones como aquellas.

Si su nieto continuaba por ese camino, su paciente corría el peligro de sufrir un ataque al corazón, se dijo.

–¡No deberías hablar a nadie así!

–Está bien, Carly –la tranquilizó el barón, dándole una palmadita en la mano–. Dare tiene derecho a estar enfadado. Además, por lo que me han dicho, tiene reputación de ser un hombre impasible y agresivo cuando quiere algo –añadió con cierto orgullo–. La verdad es que me complace que defienda a Rachel.

Carly intentó aceptar la versión del barón. Sabía que Rachel era la madre de Dare, aunque no sabía nada más de su historia.

Por suerte, el mayordomo eligió ese momento para entrar y anunciar que la cena estaba lista.

–Muy bien, Roberts –dijo el barón–. Dare, esperaba que quisieras cenar con nosotros.

Carly no podía creer que lo estuviera invitando, después de la animadversión que su nieto le había demostrado.

—No era mi intención —repuso Dare con frialdad—. Pero, si no le importa a la señorita Evans, tal vez acepte.

Carly se puso tensa. ¿Por qué había dicho eso?

—Claro que no me importa —aseguró ella, fingiendo amabilidad.

—Muy bien —dijo el barón—. ¿Vamos al comedor? Tengo muchas ganas de saber lo que ha preparado la señora Carlisle en tu honor, Dare.

La pequeña esperanza que Carly había tenido de que él rechazara la invitación se hizo pedazos.

—No he comido nada decente desde el desayuno. Muéstrame el camino, viejo.

Carly percibió cómo el barón se ponía tenso cuando le ofrecía su brazo y deseó estrangular a Dare James con sus propias manos. Por muchos problemas que hubiera entre los dos hombres, nada justificaba que tratara a su abuelo con tanta falta de respeto.

Recordándose que no era asunto suyo y que su única misión era cuidar del barón, Carly lo acompañó al comedor, consciente de la fría mirada de Dare al pasar ante él.

Al menos, era un gran alivio haberse arreglado con esmero para la cena. Aunque le costaba reconocerlo, en el fondo, lo había hecho ante la posibilidad de volver a encontrarse con el extraño de esa tarde. Había necesitado sentirse más segura de sí misma que con un simple bañador. De todas maneras, no sabía cómo iba a poder aguantar la velada si el nieto del barón no empezaba a comportarse con educación.

—Te ha ido bien, Dare —comentó el barón, cuando se hubieron sentado los tres a la mesa.

—¿A diferencia del perdedor de mi padre, te refieres? El barón suspiró.

–No pretendía hacer juicios. Aunque parece que has heredado el ácido ingenio de tu padre.

Un punto para el viejo caballero, pensó Carly. Desconcertada, se dio cuenta de que Dare la miraba fijamente.

–No es lo único que he heredado.

–Pato a la naranja –dijo el barón, inhalando el aroma del plato que el criado había dejado en la mesa–. Mi favorito.

–A mí también me encanta –comentó ella.

–Qué bonito –dijo Dare con sarcasmo, sin ocultar su repugnancia ante la situación–. Pero no he venido para hablar de la comida.

La tensión vibraba en el ambiente.

–Lo entiendo –repuso el barón, dejando el tenedor que acababa de levantar de la mesa–. ¿Para qué has venido, Dare? ¿Para ponerme en mi lugar?

–Es lo que mereces.

–No voy a discutírtelo –señaló Benson en voz baja–. Pero tienes que saber que me he enterado hace poco de la muerte de tu padre. Antes no sabía nada. Tampoco sabía que Rachel lo había pasado tan mal durante años. Ni siquiera estaba al tanto de que había tenido un hijo.

–¿Y crees que eso te da derecho a contactar con ella? –le espetó Dare, furioso–. La rechazaste. La echaste cuando ella eligió casarse con mi padre. Pero ahora no te necesita. Está bien.

–Gracias a ti –comentó Benson con suavidad.

–Mi madre es una mujer fuerte. Habría salido adelante sin mí también.

Conmocionada por lo que acababa de escuchar, Carly se sintió como una intrusa. No sabía cómo podía disipar la tensión entre ambos.

–Tal vez, deberíamos dejar esta conversación para cuando estemos solos –propuso el barón y le tocó la

mano a Carly, que se había quedado con el tenedor
lleno a medio camino de la boca–. No hay por qué quitarle el apetito a Carly, ¿verdad?

–¿Y sí había por qué echar a perder la vida de mi
madre? –protestó Dare, clavando en Carly su severa
mirada–. Sobre todo, no disgustemos a la encantadora
Carly –añadió y pinchó con rabia un pedazo de pato de
su plato–. Dime, Carly, ¿desde hace cuánto conoces a
mi abuelo?

Aclarándose la garganta, ella se alegró de tener la
oportunidad de cambiar el rumbo de la conversación.
Sonrió con educación.

–Desde hace unos meses.

–¿Y cuándo te mudaste a vivir aquí?

Distraída por sus increíbles ojos azules, ella dio un
trago a su vaso de vino.

–Hace tres semanas. Yo... –empezó a decir Carly y
se interrumpió, al darse cuenta de que estaba a punto de
revelar la razón de su estancia.

–Yo conozco a la familia de Carly –explicó Benson
para echarle un cable–. Una feliz coincidencia, verda-
deramente. Nuestros antepasados lucharon juntos en la
rebelión jacobina de 1715. Carly desciende de un fa-
moso vizconde.

Dare hizo un gesto burlón como si le diera igual que
fuera la misma hija de la reina. Aunque lo que había
dicho el barón era cierto, no importaba quiénes habían
sido sus antepasados, se dijo ella, pues desde hacía más
de un siglo su familia había vivido una existencia humilde y sin privilegios.

–Disculpe, señor –dijo Roberts, acercándose a Benson–. Tiene una llamada de teléfono. Creo que querrá
responder.

–Gracias, Roberts, está bien.

Un poco irritado por la interrupción, Benson se puso

en pie y tomó el teléfono manos libres que le tendía el
mayordomo. Frunció el ceño, dirigiéndose a Carly y
Dare.

–Disculpad un momento –dijo el viejo y salió del
comedor.

En cuanto se hubieron quedado a solas, Carly se encogió un poco, consciente del antiguo reloj de pared que
marcaba los segundos y de la presencia de aquel hombre
viril, poderoso y enfadado.

Dare James era demasiado corpulento y demasiado
arrogante para su gusto, se dijo ella. Por otra parte, no
tenía el aire de cultivada superioridad de Daniel. No.
Dare emanaba un poder más innato, un aura de autoridad que era algo natural en él.

Llevaba unos vaqueros y una camiseta que dejaba ver
sus fuertes bíceps. Sus brazos parecían lo bastante prepa-
rados como para arrancar a un roble de raíz y partirlo en
dos. En ese momento, era a ella a quien parecía querer
partir en dos.

Con un escalofrío, Carly recordó cómo él le había
recorrido las piernas y los brazos con sus manos. Entonces, igual que en el presente, la había invadido un calor
incontrolable que no había tenido nada que ver con la
temperatura del día. Con el pulso acelerado, su instinto
femenino le gritó que debía tener cuidado.

–¿Más vino, señorita Evans?

Carly lo miró con desconfianza, mientras él tomaba
la botella. Aunque tuvo la tentación de calmar sus nervios con más alcohol, sabía que eso la colocaría en
desventaja con ese hombre.

–No, gracias –repuso Carly y se estrujó el cerebro
para pensar qué decir–. ¿Es tu primera vez en la mansión Rothmeyer?

–¿Es que no lo sabes?

–No –negó ella, tratando de recordar si tenía alguna

información sobre su historia familiar–. ¿Debería saberlo?

Cuando observó cómo le temblaba el labio a su interlocutora, Dare casi tuvo lástima por ella.

–Yo diría que sí.

–No veo por qué.

–Qué encantadora –murmuró él, preguntándose si sus labios serían tan suaves como parecían.

Ella frunció el ceño.

–Veo que estás muy enfadado con tu abuelo, ¿pero de verdad crees que ponerte así de agresivo con él va a solucionar la situación?

–Bien –dijo él–. Al final, hemos llegado al punto en que no tenemos por qué fingir ser educados el uno con el otro.

Carly lo contempló en silencio, conmocionada. Él casi soltó una carcajada. ¿Qué había esperado ella? ¿Que iba a recibir a la inocente amante de su abuelo con los brazos abiertos? Nada de eso.

–No pensé que estuvieras siendo educado en ningún momento –le espetó ella–. No debí de darme cuenta de ese milagro fugaz.

Dare rio.

–Tienes ingenio. Eso te lo reconozco.

–¿Es porque me crucé delante de ti en el camino? –preguntó ella, frunciendo el ceño, confundida.

–Inténtalo otra vez.

–¿Intentar qué? –inquirió ella–. No tengo ni idea de por qué eres tan hostil conmigo.

–¿Crees que soy hostil?

Él sabía de sobra que estaba siendo antipático, se dijo Carly. Respirando hondo, se recordó a sí misma que, en el hospital, siempre solían llamarla para que lidiara con los pacientes beligerantes.

–Sí, eres hostil.

–Al contrario, yo no estoy de acuerdo. Pero, si te hace sentir mejor, intentaré arreglarlo.

Carly soltó un suspiro de alivio y esbozó una débil sonrisa.

–Gracias. Es que tu abuelo está muy... cansado en estos momento.

–Oh, vaya, qué buena actriz.

¿Actriz? Confundida, Carly apretó los dientes ante su tono burlón.

–Es una virtud ser amable. Si él fuera un extraño de la calle, estoy segura de que no le dirías las cosas que le has dicho.

–Pero no es un extraño de la calle. Es un viejo rico y estúpido –dijo él con prepotencia–. Y, ya que hablamos de ello, tengo que felicitarte por tu rápido trabajo. Debes de tener cualidades muy especiales para haberte metido en su casa en menos de un mes.

Carly frunció el ceño. Si, para él, eso era ser menos hostil, necesitaba ayuda psicológica urgente.

–¿Qué quieres decir?

–Ese aire de confusión inocente te sienta bien –murmuró él–. Es muy excitante. Seguro que lo sabes. Dime, ¿te gusta leer?

Carly parpadeó.

–¿Leer?

–Sí, eso que se hace con los libros.

–Sí, me gusta leer –contestó ella con irritación ante su tono.

–¿Qué prefieres, ficción o no ficción?

Carly prefería estar en cualquier sitio menos delante de ese hombre de rostro tan atractivo.

–Los dos géneros me gustan –contestó ella con cautela, preguntándose adónde quería llegar él.

–Personalmente, a mí me gustan las cosas realistas. No me gustan las historias inventadas.

—Bueno, depende de la imaginación del autor.

—¿La tuya es buena?

—¿Qué? —preguntó ella, parpadeando.

—Tu imaginación.

—Yo... me gusta pensar que sí... pero no soy escritora. No se me da bien escribir —dijo ella y miró a la puerta, deseando que el barón se diera prisa en regresar—. Esto es muy fascinante, pero...

—A mí comenzó a interesarme la literatura en la universidad.

—¿Universidad? —preguntó ella.

—Tranquila, guapa —repuso él con una sonrisa burlona—. La universidad es una institución a la que uno asiste cuando quiere aprender más cosas.

—Sé lo que es una universidad —afirmó ella entre dientes—. Lo que pasa es que me cuesta seguir la conversación.

—No preocupes a tu cabecita con eso. Tienes otras cualidades que son más importantes que la inteligencia. Pero eso ya lo sabes, ¿verdad? —la increpó él, mirándola a los ojos—. ¿Seguro que no quieres otra copa?

Al darse cuenta de que no había estado más que riéndose de ella, Carly explotó.

—Solo intentaba ser agradable.

Dare se levantó con la botella de vino en la mano.

—Créeme, cielo, yo también.

—Llámame cielo otra vez y no respondo de las consecuencias —le advirtió ella.

—¿Es una amenaza? —se burló él.

Respirando hondo, Carly se dijo que no debía dejar que la afectara. Aunque no pudo contenerse.

—No me gusta lo que intentas insinuar. ¿Por qué no vas al grano, ya que presumes de ser tan directo?

Dare dio la vuelta a la mesa y se acercó. Ella tuvo

que hacer un esfuerzo sobrehumano para no levantarse y salir corriendo.

—Te has dado cuenta, ¿eh?

—¿De tu animosidad? Incluso un niño se habría dado cuenta.

—Los niños son muy sensibles. ¿Tú quieres tener hijos, cielo?

Dare alargó la mano y le colocó un mechón de pelo detrás de la oreja. Ella soltó un grito sofocado, echándose hacia atrás para poder mirarlo.

—No es asunto tuyo si quiero hijos o no.

—En realidad, no —admitió él, apoyándose en el respaldo de la silla—. Pero, si es lo que tienes planeado, es mejor que consideres la edad de Benson. No creo que llegue a jugar al fútbol con su descendencia. Aunque la mansión sí que tiene un buen patio para jugar. Eso es lo primero que has tenido en cuenta, ¿verdad?

Carly apretaba los dientes con tal fuerza que fue incapaz de hablar.

Si no se equivocaba, ese bruto estaba acusándola de ser la amante de su abuelo. No estaba segura de qué era peor. El hecho de que la creyera capaz de acostarse con un hombre que le triplicaba la edad o el hecho de que la considerara una buscona.

Furiosa hasta el límite, intentó echar hacia atrás la silla para levantarse. Sin embargo, no pudo moverse, pues él la estaba acorralando por detrás, apoyado con las manos a ambos lados de su silla, en la mesa.

—Controla tus nervios, cielo —le susurró él al oído—. ¿Qué pensará Benson si vuelve y te encuentra así?

—¡Con suerte, te echará de aquí!

A él se le tensaron los músculos de los brazos. Pero, en vez de partirla en dos como había temido ella, se acercó un poco más.

—Cuando te encontré esta tarde, tuve ganas de besarte en aquel camino de tierra polvoriento –le musitó al oído, acariciándole el rostro con la nariz.

–No –negó ella, tragando saliva.

–Oh, sí.

Cuando él inspiró su aroma, Carly se echó a un lado para apartarse. Aunque solo logró apretarse contra el hombro opuesto de él. Estaba tan cerca que su viril calidez la embriagaba.

–Y tú también querías besarme.

–¡No! –repitió ella–. Eres más idiota de lo que creí al principio –le espetó, soltando una carcajada cortante.

–Hueles dulce –murmuró él, oliendo su oreja.

Carly se quedó paralizada, al mismo tiempo que el pulso se le aceleraba. ¿Iba a besarla? Si la besaba... ella...

–Creo que no me equivoco –susurró él–. Creo que quieres que te bese, aun con el viejo en la habitación de al lado. ¿Quieres que le hagamos una demostración?

Antes de que Carly pudiera agarrar la jarra de agua para tirársela encima, la puerta se abrió. Dare se enderezó despacio, tomó la botella de vino y le sirvió, como si eso hubiera sido lo que había estado haciendo ahí.

Ella se puso roja. Intentó sonreír.

–Perdonad la interrupción –dijo Benson y se sentó en su asiento–. Era Beckett.

–¿Cómo está? –preguntó Carly con voz demasiado aguda. No le importaba cómo estuviera Beckett, pero era mucho más fácil hablar de eso que pensar en el arrogante hombre que lentamente regresaba a su sitio como si nada hubiera pasado.

Y no había pasado nada, se recordó a sí misma. Era un tipo grosero, sin modales. Y solo había querido provocarla. Más que eso, se había comportado como una serpiente venenosa al querer incluirla en sus malos sentimientos hacia su abuelo. Y al sacar conclusiones apresuradas.

En ese momento, Carly tuvo deseos de darle una bofetada. Sobre todo, cuando la contemplaba recostado en su asiento como si fuera el rey del mundo. Sin duda, estaba pasándolo en grande al ver lo incómoda que se sentía. ¡Cuánto le gustaría poder borrar aquella sonrisa de superioridad de su cara!

Sin embargo, rebatir sus ofensivas insinuaciones implicaría revelar la verdadera razón por la que estaba allí. Y le había prometido al barón que le guardaría el secreto durante el tiempo que él quisiera. Por otra parte, tampoco iba a contarle a su jefe las conclusiones a las que Dare James había llegado acerca de ellos.

Quizá fuera mejor dejar que siguiera pensando lo que quisiera.

Antes o después, descubriría la verdad y se avergonzaría de haber asumido que ella era la amante de su abuelo.

Sí, se dijo Carly. Iba a disfrutar de lo lindo cuando aquel arrogante extraño se enterara de que ella no era una vulgar cazafortunas. No solo eso, sino que lo más probable era que tuviera más estudios que él.

¿Y respecto a su insinuación sobre el beso? Ella no podía pensar en nada más asqueroso que sentir su boca.

Más compuesta y relajada, le dio un trago a su copa. Sin embargo, cuando Dare posó los ojos en sus labios, su equilibrio se tambaleó. Y se desintegró cuando él se pasó la punta de la lengua por el labio inferior, como si estuviera imaginando su sabor.

Fue un movimiento fugaz y sutil, pero bastó para que a ella se le pusieran de nuevo los nervios de punta.

Haciendo un esfuerzo, consiguió tragar el vino sin atragantarse. Después de respirar hondo, se dio cuenta de que lo único que Dare James estaba intentando era desequilibrarla a propósito. Y lo había conseguido.

Maldición.

Ese hombre era peor que el demonio.

Por suerte, el barón eligió ese momento para romper el silencio con un comentario sobre la comida, de la que Carly se había olvidado por completo.

Entonces, cuando levantó la cara hacia Benson, se dio cuenta de lo pálido que estaba.

Preocupada, se olvidó de su insoportable nieto y le dio a Benson un apretón en la muñeca. El viejo la sonrió, adivinando que ella le tomaba el pulso disimuladamente.

No había llegado a un punto crítico, pero estaba demasiado alto para un hombre de su condición, caviló la doctora.

—Creo que deberías irte a descansar —aconsejó Carly con suavidad. Ella también quería irse a su cuarto. Cuanto antes, ansiaba quitar de su vista a ese necio arrogante.

Dare observó la íntima escena que se desarrollaba delante de él. Esa mujer no tenía vergüenza, pensó. Y su mal humor no tenía nada que ver con el hecho de que le gustaría sentir cómo esos largos dedos le envolvían cierta parte de su anatomía, muy lejos de la muñeca.

No sabía qué mosca le había picado para provocarla como lo había hecho cuando se habían quedado solos en el comedor. Además, casi le había salido el tiro por la culata cuando había inspirado su aroma.

Estaba seguro de que le iba a costar olvidar cómo olía.

Le irritaba profundamente que, cada vez que la miraba, su cuerpo reaccionara endureciéndose. Y, cuando ella hablaba... su dulce acento inglés le resultaba uno de los sonidos más excitantes que había conocido.

Unas veces, sonaba como una maestra de escuela inglesa y, otras, sonaba como si acabara de salir de la cama después de haber gozado una y otra vez. Si a eso añadía su temperamento de fuego y su actitud desdeñosa, lo único que quería era tumbarla en esa misma mesa y descubrir si su mezcla de fuego y hielo se transformaban en pasión bajo las sábanas. O sobre la mesa, mejor dicho.

Dare se preguntó qué pensaría su abuelo si supiera que él no tenía más que hacer un gesto con el dedo para que su amante acabara en su cama.

Solo de pensarlo, sintió asco. No había ido allí para eso. Y tampoco era su intención competir con el viejo por una mujer. Que su abuelo se dejara engañar por una listilla, si era lo que quería. Él nunca permitiría que nadie lo manipulara.

Y, menos aún, una mujer como esa. Lo que más le molestaba, sin embargo, era lo atractiva que le resultaba. No lo entendía. Había conocido infinitas mujeres hermosas en su vida. Muchas de ellas, más hermosas que Carly Evans. Aun así, no podía quitarle los ojos de encima.

Por una parte, la despreciaba por lo que era. Por otra, se despreciaba a sí mismo por desearla a pesar de todo.

—Buenas noches, señor James.

—Me llamo Dare —le recordó él, tendiéndole la mano, aunque sabía que sería un error tocarla de nuevo. ¿Qué había pasado con legendario autocontrol?, se reprendió a sí mismo.

Carly titubeó, mirándole la mano. Al fin, los buenos modales ganaron la partida y se la estrechó.

Con una sonrisa de triunfo, Dare se llevó la mano de ella a los labios.

—Que duermas bien —dijo él, lanzándole un guiño malicioso.

Ella abrió mucho los ojos un momento y, al instante, le respondió con una pequeña sonrisa de indiferencia.

–Te veo después –le murmuró Carly a Benson–. No tardes.

Vaya, estaba muy ansiosa por acostarse con el viejo, caviló Dare, apretando los dientes.

Después de contemplarla mientras salía de la habitación, se giró hacia su abuelo.

Benson arqueó una ceja con gesto interrogativo. Dare se fijó en lo cansado que parecía. La noticia que había recibido por teléfono no debía de haber sido buena. Aunque no sentía lástima por el viejo idiota.

–Me alegro de que hayas venido un día antes –comentó el barón–. Nos ha dado la oportunidad de airear nuestras diferencias.

Pero Dare ni siquiera había empezado.

–No quiero que le hagas daño a mi madre.

–Lo entiendo. Y quiero que sepas que no es mi intención hacerle daño.

Dare no dijo nada. Esperó a que su abuelo continuara.

Cuando el viejo suspiró, casi tuvo lástima de él. Casi.

–Tu madre vendrá a comer mañana. Asumo que vas a acompañarnos, ¿no?

–¿Estará aquí la encantadora pelirroja?

Su abuelo frunció el ceño ante la irrespetuosa referencia a su amante.

–Carly es una joven muy amable, Dare. Ella...

–No hace falta que la alabes conmigo. Estoy seguro de que es maravillosa.

–Lo es. Y... sí, estará aquí mañana. ¿Es un problema eso para ti?

–No.

Benson asintió.

–Entonces, espero que aceptes mi hospitalidad y te quedes a dormir.

–No lo había planeado –repuso Dare. Había pensado buscar un hotel para despejarse un poco y tomar distancia, para trabajar en el ordenador... Sin embargo, con los ojos puestos en la puerta por la que había desaparecido Carly Evans, reconsideró su decisión. Quizá fuera más práctico quedarse allí.

—Me quedaré.

—Bien —dijo Benson y se levantó—. Si me disculpas, ahora tengo que irme. Hasta mañana. Ah y... entiendo tus preocupaciones, Dare. Cometí terribles errores hace treinta años —admitió el viejo—. Son errores que me gustaría enmendar.

—¿Por qué ahora?

—Tengo mis razones. Te las explicaré cuando tengamos más tiempo. Por el momento, digamos que no voy a dejar que mi orgullo se interponga durante más tiempo.

—Solo recuerda que te estaré vigilando —advirtió Dare con mirada heladora—. Si le haces daño a mi madre, acabaré contigo.

Capítulo 3

SABÍAS que él iba a pensar eso? –preguntó Carly atónita, mientras le tomaba la tensión a Benson. El barón bajó la mirada.

–No, hasta que vi la forma en que te miraba después de que salí a responder la llamada. Fue bastante halagador.

–¿Halagador? –dijo ella, sin dar crédito–. ¿Es halagador que tu nieto piense que soy tu amante? Solo a un hombre se le ocurriría eso –observó, molesta, y le despegó el velcro del brazo con más fuerza de lo habitual–. Piensa que soy una buscona.

–Es un hombre muy viril, Carly. Y tú eres una guapa jovencita. Su masculinidad se sintió ofendida.

–¿Ofendida?

–Porque prefirieras a un viejo como yo antes que a un joven fuerte como él.

Carly suspiró.

–Y los hombres dicen que las mujeres son difíciles de entender. ¡Ni siquiera lo conozco!

–No importa –negó el barón con una mueca–. ¿Qué tal tengo la tensión?

–Demasiado alta todavía. No te conviene estresarte.

–Tal vez no.

–Seguro que no.

Sin embargo, Carly conocía la razón por la que Benson estaba haciendo aquello. La operación a la que iba a someterse era peligrosa. A su edad, podía ser fatal.

Quería poner sus asuntos en orden, aunque ella no entendía qué podía haberle llevado a cortar la relación con su propia hija.

Sus padres preferirían cortarse un brazo antes que dejar de verla a ella. Y aún no se habían recuperado de la muerte de su hermana.

El año que había pasado lejos de su casa había sido el tiempo más largo que había estado sin ellos en su vida. Los echaba de menos y no podía imaginarse no volver a verlos.

Con un nudo en la garganta, recordó que ni sus padres ni ella volverían a ver a su hermana. No era culpa suya, pero...

No debía dejarse llevar por ese tren de pensamiento. Debía concentrarse en su paciente, se advirtió a sí misma.

—Mira, Dare habría pensado mal incluso si hubiera sabido que eres médico —comentó Benson—. Beckett también lo pensó al principio.

Hombres, pensó Carly. ¡Quizá, lo mejor sería olvidarse de que existían! No sabía cuál de los dos nietos del barón le repugnaba más. Seguramente, Dare.

—Igual sería mejor que les contaras a ambos cuál es tu estado de salud —sugirió ella—. Así entenderán qué hago aquí.

—Esta noche se lo dije a Beckett —explicó Benson, dirigiéndose a la cama—. Pero quiero pasar el fin de semana con Rachel y con Dare, al menos, antes de que descubran lo crítica que es mi situación.

Carly lo tapó con las sábanas.

—No creo que a Dare le importe —observó ella.

—Tuvo una infancia muy dura. Hasta ahora no me había dado cuenta de eso.

Carly se quedó callada. No conocía al barón lo bastante como para ser receptora de sus confidencias, aunque estaba claro que el viejo necesitaba hablar con alguien. Le tendió un vaso de agua y las medicinas. Él se las tragó y suspiró.

–En realidad, no culpo a Dare por odiarme.

–Pero preferirías que no te odiara.

–Claro –dijo él con una sonrisa.

Carly le devolvió la sonrisa. Ella era médico. Los médicos estaban entrenados para escuchar y a ella siempre se le había dado bien hacerlo.

Guardó el estetoscopio en su maletín de nuevo y lo cerró.

–Para que lo sepas, no pienso seguirle el juego a Dare respecto a sus sospechas sobre mí. No quiero ser un peón en su lucha de poder contigo.

–Lo sé, querida, y siento haberte puesto en esa posición esta noche. Está enfadado conmigo y a ti te ha pillado en medio. Mis dos nietos necesitan un buen sermón. ¿Te importa pasarme el teléfono...? –pidió el barón y arrugó la frente con una mueca de dolor.

–¿Benson? –dijo ella, corriendo a su lado de nuevo–. ¿Te duele la cabeza?

–No, no... Lo que pasa es que tengo que ocuparme de algo.

–Deberías descansar –le reprendió ella.

–Descansaré cuando esté muerto. Sobre todo, cuando alguien amenaza con derrumbar la compañía que creó mi padre.

–¿Qué quieres decir? –preguntó ella, frunciendo el ceño.

–He tenido pérdidas importantes últimamente porque hay rumores en el mercado de que alguien va a presentar una oferta para comprar mi compañía.

–No deberías preocuparte por eso ahora –insistió ella.

–Tengo que hacerlo, si quiero que la empresa sobreviva.

–¿Quién crees que es el responsable?

–Tengo mis sospechas, pero estoy investigando para aclararlo.

–Dare –murmuró ella, medio para sus adentros–. ¿Crees que es él?

–Esperaba que no, pero después de esta noche... Sin embargo, lo dudo –señaló Benson–. Aunque no descarto la posibilidad hasta que haya hablado con él en privado. ¿Quien sabe? Tal vez, quiere comprar BG y venderlo en pedazos. No puedo culparlo si lo hace.

–¿Puede permitirse comprarlo? –preguntó ella. BG era una de las compañías textiles más antiguas y sólidas de Inglaterra.

–Puede permitirse pagar diez veces su precio –contestó él–. Ha amasado una fortuna mucho mayor que la mía.

–Pero sería algo horrible –afirmó ella–. No te lo mereces.

Benson hizo una mueca.

–No lo sé... pero, si así fuera, sería en parte culpa mía. Después de la muerte de Pearl, me volqué en trabajar. Ignoré tanto a Rachel como a su hermano cuando más me necesitaban –reconoció el barón y suspiró–. Como consecuencia, perdí a mi hija y mi hijo creció como un vago malcriado. Y crio a su hijo a su imagen y semejanza.

Benson tosió. Ella le tendió un vaso de agua.

–De nada sirven las lamentaciones de un viejo. Eso es lo malo de tener la muerte cerca, que te asaltan los remordimientos. Te das cuenta de cosas que habías ignorado antes y valoras cosas que ni te habías parado a pensar. Cuando era joven, creía que lo más importante era tener éxito. Deje a Pearl a cargo de nuestros hijos y no fui consciente de lo que me había perdido hasta que ella murió. Dare, que yo sepa, vive de la misma manera.

–¡Está casado! –exclamó Carly, tan conmocionada que casi se olvidó de respirar.

–No, no. Por lo que sé, está soltero.

Irritada consigo misma, Carly intentó calmar los rápidos latidos de su corazón.

–No me imagino a ninguna mujer capaz de soportarlo –afirmó ella con sinceridad.

–Ah, pues lo soportan muy bien. Se pelean por salir con él.

–Físicamente, es muy agradable –comentó ella de mal humor–. Pero su personalidad necesita unos buenos retoques.

Benson rio.

–Quizá, solo necesita el amor de una buena mujer.

Carly levantó la vista ante su tono.

–¡No me mires a mí cuando dices eso!

–¿Por qué no? –dijo el viejo, acomodándose en las almohadas–. Tú le gustas y estoy seguro de que harás muy feliz al hombre con quien decidas casarte, querida.

Cary sintió un nudo en la garganta.

–Eres muy amable por decir eso, pero creo que con tu nieto no hay nada que hacer. Además, no le gusto. Ahora, duérmete. Te veré por la mañana.

Justo cuando iba a salir, el barón la llamó de nuevo.

–¿Carly? Hay una cosa más.

–¿Sí?

–Esperaba que pudieras acompañarnos mañana para comer.

–¿Con Rachel? –preguntó ella, sorprendida.

–Sí. Nos ayudarás a que la reunión esté más equilibrada.

Lo más probable era que Benson se refiriera a que necesitaba apoyo moral, pensó Carly. Después de haber sido testigo de las pullas de Dare, no le extrañaba.

–Será un placer acompañaros –dijo ella. Tal vez, Benson aprovecharía para hablarles de su enfermedad y del papel que ella tenía en su vida. Por nada del mundo, quería perderse la cara de Dare cuando se enterara de la verdad.

—Gracias, Carly. Eres un ángel.

Carly le dedicó una mirada severa.

—Llámame ángel otra vez y haré que la señora Carlisle te sirva tofu para desayunar, comer y cenar.

El barón rio.

—Pearl tenía el mismo humor que tú.

Al verlo suspirar, a Carly se le rompió el corazón. Solo era un hombre preocupado que quería arreglar las cosas.

Por eso, a la mañana siguiente, mientras hacía algo de ejercicio para despejarse después de no haber pegado ojo apenas, decidió que, pasara lo que pasara, mantendría una actitud amable y civilizada con Dare durante la comida.

Él no tenía por qué gustarle. Dare se marcharía al terminar el día y, como ella solo se quedaría dos semanas más en la mansión Rothmeyer, no tendría muchas oportunidades de verlo de nuevo.

Entonces, recordó que todavía tenía que responder a la oferta de trabajo que le había enviado la agencia. La verdad era que estaba un poco harta de empleos temporales, ¿pero qué otra cosa podía hacer?

Había pasado un año, tres meses y cuatro días desde que habían perdido a Liv. Sus padres querían que regresara a casa.

Sin embargo, ¿estaba ella lista? No tenía ganas de encontrarse a Daniel. Y tampoco sabía si estaba preparada para enfrentarse al recuerdo de la cara de Liv cuando le había dado la mano esperanzada durante las visitas del oncólogo.

El sonido de sus pisadas en la grava mientras corría le ayudó a volver al presente. Quizá, eso de hacer ejercicio realmente fuera bueno para la mente, se dijo, acercándose a la casa. Era la hora de tomarse su café mañanero y eso la hacía sentir de mejor humor.

Se limpió el sudor de la frente con un borde de la camiseta y subió las escaleras de piedra que llevaban a la terraza donde se servía el desayuno. Era demasiado temprano para que Benson se levantara, pero ella necesitaba repasar el menú del día con la señora Carlisle y...

–Veo que te esfuerzas en mantener tus atributos bien torneados.

Aquellas palabras burlonas, pronunciadas con una voz calculada y viril, amenazaron con echar por tierra la buena voluntad de Carly sobre mantener los modales con el recién llegado.

Dare llevaba los mismos vaqueros ajustados del día anterior, acompañados de una camisa gris remangada y botas de motero. Al contemplar sus largas piernas y sus anchos hombros, a Carly se le aceleró el pulso sin remedio, muy a su pesar.

Él esbozó una sensual sonrisa, como si fuera consciente del efecto que le causaba. Sin embargo, ignoraba que las muestras arrogantes de masculinidad nunca habían impresionado a Carly. Ella prefería a los hombres sensibles y gentiles.

–Buenos días –saludó ella y siguió subiendo como si el corazón no estuviera a punto de salírsele del pecho–. Un paseo por los jardines del este de la propiedad es muy recomendable a esta hora de la mañana. Tienen un encantador toque francés.

–No suelo fijarme mucho en los jardines, franceses o no.

Molesta, Carly abrió una botella de agua, dándole la espalda.

–Espero que hayas dormido bien –dijo ella tras un silencio.

–¿Ah, sí?

Carly se giró de golpe hacia él.

–No empecemos de nuevo.

–¿Empezar qué? –preguntó Dare con tono inocente.

–El jueguecito del ratón y el gato con el que tanto disfrutaste anoche.

–No disfruté tanto como me hubiera gustado –comentó él, penetrándola con la mirada.

Ella se esforzó por mantener la calma, cuando él le tomó la botella de agua de las manos, le dio un trago y se la devolvió.

–Gracias.

Carly dejó la botella sobre la mesa. De ninguna manera iba a beber después de que él lo hubiera hecho. Él sonrió, como si hubiera esperado su reacción. Furiosa porque le resultara tan predecible, ella volvió a agarrar la botella y se la terminó casi de un trago.

Por desgracia, la risa de Dare le hizo derramar un poco. Enfadada, se limpió la boca con la mano.

–Si estás buscando a tu abuelo, no se levanta antes de las ocho y media –señaló Carly, sin ocultar su irritación.

–No lo estaba buscando.

–Entonces, si ibas a dar un paseo, no quiero entretenerte.

–No iba a ningún sitio.

–¿Pues qué quieres? –preguntó ella, levantando la barbilla.

Al sentir que Dare James clavaba los ojos en sus labios, Carly se quedó sin respiración, paralizada como un viandante que contemplara un choque de coches inminente.

¿Cómo era posible que su cuerpo reaccionara de ese modo ante un tipo tan insoportable?, se dijo ella. Tragando saliva, rezó porque él no se estuviera dando cuenta de lo que pensaba, de lo que sentía. Dio un paso atrás, recordándose que el supuesto interés de Dare James en ella no era más que una manera de provocarla y hacerle sentir insegura.

–Quiero muchas cosas –repuso él, fingiendo amabilidad–. Pero, sobre todo, me gustaría que te fueras de aquí.

Carly enderezó la espalda. No dejaría que la intimidara.

–¿Te has levantado con el pie izquierdo esta mañana? –preguntó ella, pasando de largo ante él.

Dare la agarró de la muñeca.

–Nadie debería permitir que las jovencitas aprovechadas exploten a los viejos idiotas.

–¿De verdad? –dijo ella, bajando la mirada a su muñeca con gesto de indiferencia–. Para tu información, tu abuelo no tiene nada de idiota. Está en perfecto uso de sus facultades y lo que él quiera hacer no es asunto tuyo. De hecho, dada tu actitud, no sé por qué te importa. A menos que estés pensando en tu propio interés.

–Crees que te deseo, ¿es eso?

Carly notó cómo las mejillas de su oponente se sonrojaban, tal vez de irritación, mientras le apretaba con un poco más de fuerza la muñeca. Al parecer, tampoco él era tan inmune como pretendía a la situación.

–Me refería a la mansión Rothmeyer –aclaró ella, aliviada cuando le soltó la muñeca.

Dare percibió un brillo de victoria en los ojos de la joven. Se maldijo a sí mismo por haber revelado cuánto la deseaba. La noche anterior se había pasado las horas muertas imaginándosela con su abuelo. No había podido evitar imaginársela desnuda. Había soñado con sus pechos turgentes entre las manos, en los labios, con sus muslos abriéndose, mostrándole el sedoso triángulo rojizo que guardaba su feminidad...

De pronto, Dare tuvo la tentación de bajarle los pantalones allí mismo para comprobar si había acertado al imaginar que su pubis era pelirrojo. Ansió acorralarla contra una de las columnas de la terraza, colocarse sus largas piernas alrededor de las caderas y penetrarla.

Fue una imagen tan vívida que experimentó una erección poderosa e instantánea.

Cielos, cómo odiaba a esa mujer. Odiaba su fría sensualidad y su avaricioso corazón. Odiaba el hecho de que ella prefiera a su abuelo antes que a él...

Aquel pensamiento lo tomó por sorpresa. Dare no era un hombre posesivo. Nunca había pensado en una mujer fuera del dormitorio. Pero esa belleza pelirroja era como una picazón que no pudiera rascarse. Sin duda, debía de ser el poder de atracción de la fruta prohibida.

Sabiendo que era un error, Dare se acercó a ella demasiado como para ser civilizado y la obligó a ladear la cara para mirarlo.

—No necesito la mansión Rothmeyer ni ninguna de las posesiones de mi abuelo. Pero te aseguro que tú tampoco te harás con ellas.

—Por suerte, eso no depende de ti —contestó ella, sintiendo que le quemaban los pulmones—. Y si tu abuelo tuviera sentido común, te...

Dare la agarró de los hombros, interrumpiéndola.

—¿Me qué? ¿Me desheredaría?

Carly abrió los ojos con sorpresa.

—Quítame las manos de encima.

Cuando una sonrisa asesina pintó la cara de Dare, a ella se le puso la piel de gallina.

—No pareces haber pasado una noche muy activa. Vaya, qué pena. ¿Te falló mi abuelo?

—He dicho...

—Me he fijado en que tenéis habitaciones separadas, lo que significa que el viejo no debe de desearte tanto.

Carly tomó aliento, furiosa y dolida por su atrevimiento.

—¿Has estado espiando?

—Eres una fierecilla —observó él, acariciándole las clavículas—. ¿Le gusta eso a mi abuelo?

Carly se puso rígida.

—¿No te preocupa pensar tanto en la vida sexual de tu abuelo?

Él posó los ojos en sus labios.

—Estoy pensando en la tuya.

Carly se dijo que debía ignorarlo. Él actuaba como un gato que hubiera atrapado un ratón y esperaba que reaccionara. Solo quería provocarla.

—¿No dices nada?

—No voy a darte ese placer.

—¿De verdad? Entonces, quizá debería darte yo un poco.

A pesar de la dureza de su mirada, Dare le sujetó el rostro con suavidad. Carly se quedó paralizada. Si la testosterona olía, seguro que olía a Dare James, pensó.

—¿No estás cansada de acostarte con un viejo? —le susurró él—. ¿No te gustaría recordar cómo es la carne joven y viril?

Carly lo agarró de las muñecas.

—Claro. Avísame si encuentras a alguien que encaje en esa descripción.

En vez de enfadarse y soltarla, Dare rio y se acercó un poco más, rozándola con su torso en el pecho. Avergonzada, ella notó cómo se le endurecían los pezones.

—¿No le gusta al viejo abrazarte después de tener sexo? —murmuró él.

Carly no conocía a ningún hombre al que le hubiera gustado abrazarla después del sexo. Aunque solo había tenido dos amantes en total. Tampoco iba a decirle que la razón por la que dormía tan cerca del barón era para estar atenta en caso de urgencia médica.

—¿Cómo sabes que dormimos separados porque él quiere? Igual es por decisión mía.

Él sonrió.

–Lo dudo. Tú eres una mujer apasionada. Está claro que el viejo no te satisface. Puedo oler tu excitación.

Debía ignorarlo, se dijo a Carly, cerrando los ojos.

–Lucha contra ello todo lo que quieras –dijo él–. Pero no puedes esconder lo que desea tu cuerpo.

Ella abrió los ojos.

–Suéltame ahora mismo si no quieres que grite.

–No creo que te atrevas –adivinó él, inclinando la cabeza hacia ella–. Si fueras a gritar, ya lo habrías hecho. Pero no quieres hacerlo, ¿verdad, Carly? Quieres que te bese –le susurró, rozándole la mandíbula con los labios–. Deseas que te toque.

–¿Te crees muy listo? –replicó ella, haciendo un esfuerzo vano por apartarle las manos.

–No tanto –dijo él con ojos brillantes–. Pero eso responderá algunas preguntas.

Entonces, la besó.

Carly se quedó helada. No había creído que fuera a besarla. No estaba preparada. Y no supo qué hacer.

«No haré nada», se dijo a sí misma. «Si no hago nada, parará y se quedará humillado».

Así que se mantuvo rígida mientras la experimentada boca de él la dominaba. Enseguida, sin embargo, su beso se suavizó y comenzó a mordisquearla en los labios.

Carly emitió un pequeño gemido, cuando él le recorrió la boca con la lengua.

–Sí, eso es. Ábrete para mí –ordenó él con voz ronca–. Déjame entrar.

Carly se mantuvo firme. No debía reaccionar. No debía hacer nada... Pero un suspiro escapó de sus labios cuando él la agarró del pelo con suavidad y le quitó la cola de caballo.

La sensación de tener el pelo suelto sobre los hombros aumentó la excitación que le producía al mordisquearle el labio inferior.

Carly soltó otro gemido y escuchó que él gemía también como respuesta. Al instante, se abrió a él y comenzó a besarlo con pasión.

Soltando un gemido victorioso, Dare deslizó la lengua en la boca de ella con largas caricias expertas.

Nunca nadie había besado así a Carly. Nunca había sentido los labios de un hombre devorándola de esa manera, inutilizándola para resistirse. Su cuerpo ansiaba pegarse al de él, fundirse con él. Nada más importaba aparte de saciar el hambre que la invadía.

Ella enredó los dedos en el pelo rizado de Dare. Él le recorrió el torso con las manos, la espalda. Hasta que la agarró de los glúteos y la levantó.

Con un gemido hambriento, la devoró sin piedad, reclamando con su boca todo lo que ella tenía que ofrecer. Carly se lo dio sin pensar, al mismo tiempo que comenzaban a temblarle las rodillas.

Dare la apretó con más fuerza. Con una mano, le acarició un pecho, buscando el pezón. Mientras, ella se derretía ante el placer del primer contacto...

Con un rugido salvaje, Dare separó sus bocas y se apartó de ella, la respiración pesada y acelerada. La miró con gesto acusador, como si ella hubiera sido la culpable de lo que acababa de pasar.

—No —negó él con una risa burlona—. Ni hablar.

Entonces, la dejó sola y salió hacia el jardín.

Carly aprovechó para recuperar el aliento y la compostura. Cuando al final lo logró, no sabía con quién estaba más furiosa. Con Dare por haberla besado o consigo misma por haberle correspondido.

Sonrojada por la rabia, se fue a la cocina para hablar con la señora Carlisle sobre el menú. Tenía trabajo que hacer, se recordó, y besar a Dare no formaba parte de sus tareas.

Capítulo 4

NO, NINA, no te molestes en enviar los informes del investigador a mi despacho. Mándalos directamente a mi apartamento. Estaré de vuelta en Londres sobre... –dijo Dare y se miró el reloj. Si salía justo después de la comida...–. Sobre las seis o seis y media.

Metiéndose el teléfono en el bolsillo, Dare se apoyó en la barandilla. Posó la vista en los verdes prados que se extendían hacia el horizonte y el estanque cristalino que había junto a la casa. Un precioso bosque bordeaba un lado de la finca y, detrás, la aguja de una iglesia apuntaba al cielo azul.

Por desgracia, había tenido que ocuparse de algunos asuntos de trabajo durante toda la mañana y no había tenido oportunidad de acorralar a Benson antes de que su madre llegara.

Cuando su madre había llegado, se había integrado en la casa como si nunca hubiera salido de allí. Pero sí se había ido o, más bien, la habían echado. A veces, Dare se preguntaba cómo había podido aguantar a su padre durante tantos años, a pesar de que no había sido el hombre que ella había esperado.

Tal vez, el amor no siempre iba acompañado de buenos gestos y flores. A veces, llegaba con el dolor y con continuos abandonos.

Encima, teniendo en cuenta que su madre había provenido de aquel entorno privilegiado, era todavía más indignante aceptar lo difícil que le había resultado la vida durante tanto tiempo. Dare estaba orgulloso de ella porque no se había vendido ni había vuelto suplicante con su padre, en busca de las comodidades con las que había crecido. Pero ella no era esa clase de persona.

De pronto, Dare pensó en Carly Evans. De ninguna manera dejaría que esa mujer le quitara a su madre su herencia. Esperaba que la joven pelirroja se hubiera dado cuenta de que él no era un hombre con quien se pudiera jugar.

Por supuesto, si su madre decidía que no quería tener nada más que ver con la mansión Rothmeyer, entonces Carly podía quedársela. En cierta forma, la bella joven se estaba ganando su dinero. Y él tampoco podía culpar a su abuelo por querer estar con ella. Diablos, después del beso de esa mañana...

Dare se quedó paralizado al recordarlo.

Todavía no entendía por qué se había rendido a la tentación de besarla. Se había dejado llevar por un momento mágico, sin pensar en las consecuencias. Él sabía que ella no se lo había contado a su abuelo, pues, si lo hubiera hecho, el viejo lo habría echado.

En cierta manera, Dare deseaba que así hubiera sido, porque el mero hecho de pensar que había besado a la amante de su abuelo le revolvía el estómago. Sobre todo, cuando ella ni siquiera le gustaba. En realidad, la única razón por la que la había tocado había sido porque ella lo había provocado.

Dare suspiró. De acuerdo, no era cierto. La había besado porque él había querido. Sus emociones estaban hechas un caos. Pero no tenía por qué preocuparse. En cuestión de horas, Carly sería historia, al menos, para él.

Al escuchar voces en la terraza, miró por encima de la

barandilla. Su madre tenía en la mano un ramo de flores que su abuelo acababa de darle.

Vaya, qué detalle, pensó Dare con cinismo. A su madre le encantaban las flores.

Alguien más se reunió con ellos. Era Carly, preciosa con unos pantalones blancos y una camiseta a rayas.

Frunciendo el ceño, Dare se fue a su habitación para cambiarse. Se puso unos vaqueros limpios y una camiseta. No le había cabido mucho equipaje más en el pequeño maletero que portaba su moto. Aunque tampoco le importaba no llevar indumentaria elegante. No había ido allí para impresionar a nadie.

Antes de salir de su cuarto, le lanzó una mirada a su casco. En menos de dos horas, estaría lejos de allí.

—¿Un paseo al pueblo? —repitió Carly, pensando que no había oído bien.

Había estado contando los minutos para que terminara aquella tortuosa comida. Y el barón pretendía alargarla todavía más. Para colmo, pretendía que se fuera a pasear con Dare.

Ella sabía por qué. Benson quería pasar algo de tiempo con su hija, sin su odioso nieto, y no podía culparlo. Aunque Dare no había sido tan hostil como la noche anterior, tampoco había sido amable.

Sin embargo, ir con él al pueblo rebasaba con creces el sentido del deber de Carly. Su trabajo era cuidar la salud física de Benson, ¡no su bienestar emocional!

—Se aburrirá —repuso ella.

—Me encantaría —repuso él.

Cuando los dos jóvenes hablaron al mismo tiempo, Benson y Rachel rieron desde la mesa.

Carly miró a Dare a los ojos. Él no podía hablar en serio. ¿Por qué decía eso cuando era obvio para todos los presentes que quería vigilar lo que pasaba entre su madre y su abuelo?

–Está un poco lejos –farfulló Carly con la esperanza de que no se notara demasiado que no le apetecía ir.

Rachel le había caído bien desde el primer momento. Era una mujer amable y práctica, y su pequeña estatura parecía esconder un corazón de acero. También era dulce y, evidentemente, tenía una relación muy cercana con su hijo.

Al ver juntos a Dare y su madre, Carly había percibido la misma conexión entre ellos que mantenía con sus padres. Sin poder evitarlo, le había invadido la nostalgia al pensar en lo mucho que amaba a su familia.

–Soy joven –repuso Dare con una sonrisa burlona, mirándola a los ojos–. Y estoy en forma. Seguro que no me canso.

Durante toda la comida, él se había comportado con educación. Carly había tenido, en varias ocasiones, la tentación de provocarlo para que Rachel viera lo grosero que podía ser su hijo.

–Un paseo es muy buena idea –señaló Rachel–. Estoy segura de que Dare no se aburrirá.

Carly trató de sonreír, cuando se fijó en la mirada suplicante del barón. Sin duda, el viejo aristócrata sabía cómo convencerla. Quizá podía aceptar acompañar a Dare al pueblo y, en cuanto se alejaran lo suficiente de la terraza, mandarlo al diablo.

–De acuerdo, bien.

–No hace falta que muestres tanto entusiasmo –se burló él–. No vaya a ser que piense que te gusto.

Irritada, Carly pensó que, para su vergüenza, esa mañana le había demostrado lo mucho que le gustaba.

Con una mueca que fingía ser sonrisa, le tomó la muñeca al barón.

–Seguro que Rachel y tú tenéis mucho de que hablar

–indicó Carly, esperando que, al fin, Benson le contara a su hija lo de su enfermedad.

Satisfecha con su pulso, se puso en pie, no sin antes sorprender a Dare mirándole la mano con el ceño fruncido. Esperaba que, para un extraño, ese gesto fuera interpretado como una muestra de afecto. Pero había un gran paso entre una pequeña muestra de afecto y acostarse con alguien. Y, de todos modos, eso no justificaba lo grosero que Dare había sido con ella, o con su abuelo.

A Dare le había sorprendido que Carly no hubiera intentado con más ahínco librarse de dar el paseo. Le había sorprendido todavía más aceptar la sugerencia de su abuelo, incluso antes de que su madre le hubiera dado una sutil patadita por debajo de la mesa. Ella quería pasar tiempo a solas con su padre. Así que él se lo daría y acompañaría a la joven cazafortunas al pueblo.

La pelirroja había sabido cómo ganarse a su madre durante la comida con sus educados comentarios y sus inteligentes puntos de vista sobre asuntos de actualidad. En algún momento, hasta Dare se había mostrado de acuerdo con ella. Bueno, se suponía que una mujer decidida a convertirse en esposa de un viejo rico por el interés debía estar preparada para conversar con gente cultivada. Quizá, por otra parte, Carly Evans era más inteligente que otras de su clase.

–De acuerdo. Hasta aquí hemos llegado –dijo ella en cuanto estuvieron fuera de la vista de Benson y Rachel.

Dare miró hacia unos arbustos perfectamente silueteados que constituían algo parecido a un laberinto y hacia unos establos de ladrillo a su izquierda.

–Un pueblo muy pequeño.

–No te hagas el listo –le espetó ella con ojos heladores–. No vamos a ir al pueblo.

–¿Y qué le diré al viejo Benson cuando vuelva y me pregunte qué me ha parecido?

–Solo nos han animado a ir para poder quedarse solos, ¿o es que no te enteras?

–Eso lo sé –murmuró él–. No soy idiota.

Ella le dedicó una mirada que gritaba su desacuerdo y se encogió de hombros.

–Pues vete a sacarle brillo a la moto o algo.

Dare sonrió.

–Creo que te gusta mi moto. Vamos, admítelo.

–¿Ese cacharro asesino? –se burló ella–. ¿Sabes cuántas personas ingresan en urgencias cada día por un accidente de moto?

–No quiero saberlo.

–Eso es –dijo ella–. La próxima vez, toma el autobús.

Cuando Dare rio, Carly le lanzó una mirada severa. Ella intentó pasar de largo ante él, pero le bloqueó el paso.

–¿Y tú dónde crees que vas?

–Al pueblo –repuso ella.

Levantó tanto la barbilla al decirlo que Dare deseó mordisqueársela y seguir bajando por su esbelto cuello, hasta sus clavículas y sus dulces pechos.

–Genial –dijo él con voz ronca y se aclaró la garganta. Esa mujer no tenía moral ninguna y quién sabía qué más no tenía... ¿ropa interior, tal vez?–. Vamos. No querrás que le cuente a Benson lo tozuda que eres.

–No soy tozuda.

Dare la tomó del codo y rio con suavidad cuando ella se zafó de su contacto.

–Terca como una mula.

–No creo que se lo cuentes. No te atreverás.

–Ponme a prueba –replicó él–. Igual se entera de que eres una listilla desleal.

–Fuiste tú quien me besó –puntualizó ella, sonrojada por la rabia.

–Y tú me correspondiste –señaló él, ansiando repetir el beso para recordar lo bien que sabía. Cuando ella lo miró, furiosa y en silencio, arqueó una ceja–. Tienes mi admiración por no intentar negarlo.

–¿Para qué? Lo hombres como tú hacen siempre lo que quieren. Tú haces tus propias reglas.

Algo en su tono de voz llamó la atención de Dare. De pronto, no parecía una mujer calculadora y fría, sino una joven perdida, bella e inocente. Parecía la clase de mujer que querría llevarse la cama para no dejarla marchar nunca.

Era un pensamiento estúpido, se reprendió a sí mismo.

Frunciendo el ceño, hizo un gesto con la cabeza en dirección al pueblo.

–¿Vamos?

Ella pareció a punto de enviarlo al infierno, pero en vez de eso levantó la barbilla y se puso en camino.

Dare sonrió y la siguió.

No habían llegado muy lejos cuando él se colocó delante de ella para detenerla.

Perpleja, Carly le lanzó una mirada molesta. Dare le hizo una seña con el dedo en los labios para que guardara silencio. Un poco más allá, una cierva y dos cervatillos pastaban tranquilamente. Él podía sentir el sol en los hombros, la suave brisa en la cara, y le complació notar que Carly era también capaz de apreciar la magia del momento. Un pájaro cantó y los ciervos levantaron las cabezas.

La cierva los miró y alertó a sus cervatillos antes de que salieran corriendo hacia el bosque.

Dare sonrió. Amaba la naturaleza y, desde que se había volcado en su negocio hacía diez años, no había tenido mucho tiempo para disfrutar de ella.

–Oh, vaya, ha sido precioso –murmuró Carly.

–Me recuerda a mi casa.

–¿De verdad? –preguntó ella, levantando la vista hacia él–. ¿Y eso?

Dare tragó saliva.

–Crecí en un pequeño pueblo a los pies de una montaña. De pequeño, quería ser guarda forestal.

Ella lo miró con ojos como platos.

–¿Y qué te hizo cambiar de idea para convertirte en genio de las finanzas?

–¿Genio de las finanzas?

–Es lo que he leído sobre ti en la prensa.

–Se me dan bien los números –señaló él, encogiéndose de hombros–. Mi profesor de matemáticas me animó a seguir estudiando. Gané una beca en Harvard.

–Es bastante impresionante –comentó ella, mientras asentía despacio.

–Sí, me gusta lo que hago. Me gusta invertir en negocios y ver qué puedo hacer con ellos, ver cómo despegan. Pero vivir en la ciudad no me deja mucho tiempo para encontrarme ciervos.

¿Qué estaba haciendo?, se preguntó Dare. ¿Por qué estaba compartiendo sus sentimientos privados con esa mujer? Si no tenía cuidado, acabaría confesándole que, a veces, se sentía solo en su gran piso de la ciudad y que nunca había encontrado un verdadero hogar.

–No hay ciervos en Liverpool –dijo ella, riendo–. Allí, la naturaleza está representada por los adolescentes que se reúnen en las estaciones de tren por las razones equivocadas.

Sorprendido por lo mucho que estaba disfrutando de su compañía, Dare frunció el ceño.

–¿Lo amas?

–¿Qué? –preguntó ella a su vez, parpadeando.

–Al viejo –aclaró él–. ¿Lo quieres?

–¿Otra vez estás con eso? –dijo ella y meneó la cabeza decepcionada–. El barón no es un viejo, es tu abuelo.

–Estás evadiendo mi pregunta.

–Porque no quiero estropear el paseo más todavía –le espetó ella y empezó a caminar delante de él.

–Respóndeme, Carly –ordenó él, siguiendo su paso.

–¿O qué? ¿Vas a obligarme?

–¿Es eso lo que quieres? –la retó él, mirándola a los ojos–. ¿Es el viejo demasiado suave y gentil para tu gusto?

–¡Oh! –exclamó ella, cuando la agarró del brazo–. ¡Eres despreciable!

–Lo tocas como una amante, pero eres cincuenta años más joven que él, por lo menos. Eso es antinatural.

En realidad, Carly tocaba al barón como su médico, o como una amiga. Pero Dare solo veía lo que quería ver.

Cuando ella hizo ademán de soltarse y Dare la dejó ir con demasiada facilidad, se sintió inesperadamente decepcionada. Invadida por un deseo tan indomable como incomprensible, cerró los ojos.

–Cuanto más me ataques, más tendrás que arrepentirte –le advirtió Carly con gesto serio.

Dare frunció el ceño.

–Si no eres su amante, ¿qué eres? No me trago esa historia de que eres amiga de un amigo.

–Pregunta a tu abuelo.

Un segundo de silencio pasó antes de que Dare asintiera.

–Eso pretendo hacer.

Al darse cuenta de que podría hacerlo de inmediato y estropear el momento a solas de Benson con su hija, Carly lo agarró del brazo para detenerlo.

–El pueblo está detrás de esa colina. Creí que querías verlo –señaló ella y lo soltó–. ¿O solo era una treta para sacarme información?

–Vamos. Tú primero.

Agitada y aliviada al mismo tiempo, Carly continuó el camino en silencio. El hermoso paisaje a su alrededor y las vistas del pintoresco pueblecito no lograron disipar la tensión.

Al llegar, Carly saludó a algunos paisanos con los que se cruzaron y sonrió para sus adentros, sintiéndose mejor. En Liverpool, la gente no solía saludarse por la calle. Todos estaban demasiado estresados con su vida. Tampoco se oían risas, como las que resonaban en la plaza del pueblo, donde había un puñado de niños jugando.

Estaban celebrando un cumpleaños infantil y jugaban a la pelota. Sin decir nada, Dare y ella se detuvieron para contemplarlos. Él tenía las manos en los bolsillos y los hombros ligeramente encogidos, como si llevara sobre ellos el peso del mundo entero.

Por la fuerza y poder que emanaba, Carly lo creía capaz de eso. Si hubiera nacido hacía un par de siglos, sin duda, habría sido alguna clase de guerrero heroico con miles de hombres a sus espaldas.

–No estoy enamorada de él –reconoció ella, sin ni siquiera pensarlo. La tensión creció entre ambos–. No estoy enamorada de nadie.

Cuando Dare la miró a los ojos, Carly se arrepintió de su tonta confesión.

–Lo que quiero decir es que... –balbuceó ella–. Podrías darle un respiro a tu abuelo.

–¿Ah, sí?

Carly suspiró. Ese hombre, definitivamente, era incapaz de sentir compasión.

–Olvídalo.

Era más duro que una piedra. ¿Por qué había contado eso? Carly no lo sabía. Los secretos del barón no eran cosa suya. Además, ¿qué le importaba a ella lo que ese extraño pensara? ¿Qué más le daba si la odiaba?

–Entonces, ¿qué haces con él? –exigió saber Dare, mirándola con intensidad.

–Prefiero no hablar de eso –respondió ella. Pronto, Dare lo sabría y, entonces, tendría que pedirle disculpas. Hasta entonces, era mejor mantener la boca cerrada.

–Has sido tú quien ha sacado el tema.

–Ha sido un error –reconoció ella y se lanzó a cruzar la plaza como si tuviera una prisa tremenda por llegar al otro lado.

Dare la observó alejarse. Esa mujer escondía un secreto y estaba decidido a descubrirlo. ¿Pero por qué? ¿Y por qué ansiaba tanto tomarla entre sus brazos?

Estaba seguro de que Carly tenía algo con su abuelo, lo amara o no. Lo notaba cada vez que ella le acariciaba la mano al viejo.

¿Y por qué ese gesto lo irritaba tanto?

Porque la quería para sí mismo, se dijo.

Dare meneó la cabeza. No era saludable desear cosas que no se podían tener.

Decidido a sacarle la verdad de una vez por todas, se encaminó hacia ella.

–Sé que no estás enamorada del viejo, pero le tienes cariño, ¿verdad? –preguntó él, sin poder ocultar su impaciencia.

–Sí –admitió ella tras soltar un pesado suspiro.

A Dare se le encogieron las entrañas al percibir una honda y sincera emoción tras aquella afirmación. ¿Y si hubiera afecto genuino entre esa mujer y su abuelo? ¿Y si no fuera una vulgar cazafortunas? Eso hacía que el beso que habían compartido en la terraza fuera todavía más despreciable.

Sin embargo, ¿qué pasaba si ella solo estaba manipulándolo? ¿Y si lo único que quería era ganarse su confianza para que no le impidiera hacerse con las riquezas de su abuelo?

Dare se quedó mirando al vacío un momento. No estaba acostumbrado a dudar de sí mismo todo el tiempo, pero no había dejado de hacerlo desde que la había conocido.

De pronto, un niño gritó y la pelota pasó volando delante de él. Sin pensarlo demasiado, se acercó a donde un grupo de muchachos se apiñaba alrededor de una niña, que lloraba agarrándose el tobillo.

—Dejad paso —dijo Dare, poniéndose en cuclillas junto a la niña.

—¡Billie! —gritó una mujer, corriendo hacia ellos—. Cariño, ¿estás bien? ¿Qué ha pasado?

—Me duele el tobillo.

—Te he dicho que tuvieras cuidado. Tienes ballet mañana por la noche... ay, cariño, ¿te duele mucho?

—¿La llevo a ese banco? —se ofreció Dare.

—No, no debes moverla todavía —señaló Carly con firmeza.

Él frunció el ceño y la madre de la niña titubeó, mirándolos a ambos, antes de posar los ojos en Dare.

—Oh, bueno... —dijo la mujer, sonrojándose—. Sería de gran ayuda, gracias.

Ignorando la mirada reprobatoria de Carly, Dare levantó a la pequeña en sus brazos.

—Creo que me lo he roto —gimió la niña, mientras la colocaba en el banco.

—Todo va a ir bien —le aseguró Dare.

—Deja que le eche un vistazo —dijo Carly con severidad y se acercó a los pies de la niña.

Inquieta, la madre miró a Dare.

—¿Crees que...?

—Soy médico —afirmó Carly con autoridad—. Puedo decirte si está roto.

—Oh, bueno, claro, yo...

La madre de la niña no estaba tan preocupada como para no haberse fijado en los musculosos brazos de Dare cuando había levantado a la pequeña del suelo, observó Carly con cinismo, ignorando a la otra mujer.

Era patético, aunque, para quien le gustaran los hombres arrogantes y rudos, reconocía que Dare James debía de resultar muy atractivo.

—Hola —le dijo Carly a la niña, dejando de lado sus pensamientos sobre el varón que la acompañaba—. Te llamas Billie, ¿verdad? —preguntó con una sonrisa.

La niña, que debía de tener unos diez años, asintió.

—De acuerdo, Billie. Voy a tocarte la pierna. Solo tienes que decirme cuándo te duele.

Durante su examen, Carly tuvo que hacer un esfuerzo para ignorar la intensa mirada de Dare. Tras unos minutos, anunció que solo parecía un esguince, aunque era recomendable hacer una radiografía.

—Y, mientras, hay que ponerle una bolsa de hielo. Eso ayudará a bajar la hinchazón.

—Oh, gracias, doctora —dijo la madre con una sonrisa. Aunque la sonrisa iba dedicada a Dare, no a la doctora.

Sin duda, la otra mujer estaba pensando en los anchos hombros de su acompañante y en esa sombra de barba que le pintaba el rostro, caviló Carly. Disgustada consigo misma, se levantó y, al fin, lo miró con gesto desafiante. Él no era estúpido y adivinaría enseguida que su abuelo estaba enfermo. No había sido ese el modo en que ella había querido que lo averiguara.

—¿Eres médico?

—Sí —repuso ella, como si no tuviera relevancia ninguna.

–Y estás muy orgullosa de ello, por lo que veo –comentó él con una mueca.

–¿Por qué no iba a estarlo? –replicó ella, frunciendo el ceño–. He estudiado mucho para lograrlo.

Él apretó la mandíbula.

–Por mí, como si te tocó el título en una tómbola. Lo que quiero saber es si estás cansada de trabajar o si es que el viejo está enfermo y tú eres quien lo atiende –exigió saber él–. Aunque no es común encontrar un médico que viva con su paciente.

De acuerdo, tal vez, era un poco estúpido, se dijo Carly, furiosa porque estuviera tan obcecado en pensar mal de ella.

–Increíble. No tienes vergüenza, ¿verdad?

–No mucha. ¿Respondes a mi pregunta?

–No es asunto tuyo –le espetó ella y comenzó a caminar, dándole la espalda.

Por supuesto, él la siguió.

–¿Estás diciendo que la salud de mi abuelo no es asunto mío?

–Estoy diciendo... –comenzó a responder ella y se giró para mirarlo a la cara–. Vete a dar una vuelta.

Dare la agarró del brazo cuando ella iba a seguir andando y la obligó a volverse de nuevo.

–¿Qué problema tienes?

–Mi problema eres tú.

–Si lo pensaras un poco, te darías cuenta de que soy yo quien tiene derecho a enfadarse, no tú.

Carly se puso en jarras.

–Claro. ¿Y yo debería bajar la cabeza y suplicarte perdón por haberte hecho sentir mal?

La tensión entre ellos era palpable.

–Si no tienes nada que ocultar, ¿a qué viene tanto secretismo? –la increpó él.

Consciente de que no estaban solos, en medio de un

parque público, Carly se esforzó en no levantar el tono de voz.

—Eres tú quien saca conclusiones enrevesadas y la has tomado conmigo porque se te han cruzado los cables.

—Oh, vaya, así que eres una pobre chica inocente, ¿no? —se burló él.

Carly comprendió que debía renunciar cuanto antes a recibir la disculpa que había estado esperando.

—Dime una cosa. ¿Tienes tan baja opinión de todas las mujeres o solo de mí?

—Desprecio a los mentirosos.

—Yo no te he mentido.

—Tampoco has sido honesta.

—Quizá eres tú quien se apresura a juzgar los motivos de los demás.

—Si crees que ser médico te da un estatus más digno que el de cazafortunas, debes saber que he conocido a muchas mujeres con estudios que solo buscan casarse con un hombre rico.

—¡Quizá las mujeres se acercan a ti con ese propósito porque el dinero es lo único bueno que tienes! —le espetó ella y aceleró el paso en dirección a la mansión—. Yo, por suerte, tengo más sentido común.

—¿Ah, sí?

—Sí. ¿Y cuál es tu excusa para comportarte así? ¿Te ha roto el corazón una mujer? ¿Por eso eres tan desagradable conmigo?

—Ninguna mujer me ha roto jamás el corazón.

—¿Porque no tienes?

—Porque ninguna mujer se ha acercado a mí lo suficiente.

Ella arqueó una ceja.

—Y nunca dejarás que nadie lo haga.

—Correcto —afirmó él.

–Entonces, no tienes excusa para hacérmelo pasar tan mal.

–Tengo muchas –aseguró él. En primer lugar, no iba a dejar que una pequeña bruja lo manipulara y lo tomara por tonto.

Aunque... Dare respiró hondo, observando cómo ella desaparecía tras una curva del camino. Le costaba ser razonable con esa mujer. Y el temperamento de ella no ayudaba.

Frunciendo el ceño, la siguió.

–Espera –gritó él. Cuando ella lo ignoró, apretó los labios. A la pelirroja se le daba bien fingir que no existía, se dijo. Lo había estado haciendo durante toda la comida–. He dicho que esperes –repitió, agarrándola del codo.

–Y yo te he dicho que te des una vuelta –repuso ella, jadeante. Una tormenta se dibujaba en sus ojos–. Pero no siempre conseguimos lo que queremos, ¿no crees?

–¿Puedes escucharme, aunque sea una vez? Quiero aclarar las cosas.

Ella se soltó de su mano y se apartó.

–¿No me digas?

Dare apretó los dientes y suspiró.

–Deja que vea si lo he entendido. ¿Dices que no tienes una relación íntima con mi abuelo?

Él esperó un momento, satisfecho consigo mismo por haber formulado la pregunta con tanta calma. Pero ella rompió a reír.

–¡Hay que ver! Eres increíble. ¡Ni siquiera puedes ver lo que tienes delante de las narices!

Dare dio un paso hacia ella. Ella dio un paso hacia atrás.

–Lo veo muy bien –aseguró él. Si aquella belleza pelirroja lo estaba engañando, se lo haría pagar muy caro, se dijo.

Algo en su tono de voz alertó a Carly de que se adentraba en terreno peligroso.

—¿De verdad? ¿Y qué ves?

Maldición. Carly se dio cuenta, al instante, de que sus palabras habían sonado como una provocación. Por la lenta sonrisa de su interlocutor, supo que así lo había entendido.

—Mira...

—Estoy mirando, doctora Evans... Y veo algo que me gusta mucho —susurró él. Dio otro paso hacia ella, posando la mirada en sus ojos—. Pero eso ya lo sabes, ¿no es así? Sabes lo deseable y lo hermosa que eres.

Aunque fueron palabras pronunciadas más como un insulto que como un cumplido, a Carly se le aceleró la respiración de gusto al escucharlas. Un pájaro cantó desde un árbol cercano. Otro respondió. Su instinto le dijo que saliera corriendo, pero estaba clavada en el sitio.

Él siguió acercándose, como un león haría con una presa acorralada.

—No... —musitó ella y se volvió un momento para apartar una rama con la que chocaba su cabeza. Antes de que pudiera girarse otra vez, Dare se había colocado a su espalda y la sostenía de la cintura.

—Oh, sí... —repuso él, bañándole el cuello con su cálido aliento—. Tu olor me vuelve loco —dijo, mordiéndola con suavidad.

Carly gimió. Le temblaron las rodillas.

Cuando él posó las manos en sus pechos, ella tuvo la urgencia de frotar su trasero contra él. La sangre le ardía en las venas.

Él gimió.

—Hazlo otra vez —ordenó Dare con voz impregnada de deseo.

Ella gritó de placer cuando le apretó los pechos.

–Gira la cara, Carly –le susurró él al oído, acariciándole los pezones–. Bésame.

Sin pensar, Carly obedeció y lo agarró de la cabeza para acercar su boca. Cuando sus labios se encontraron, ella gimió y él le apretó los pezones por encima de la blusa.

Carly no había tenido una sensación tan exquisita nunca en su vida. La boca de Dare, sus expertos dedos, su cuerpo apretado contra ella por detrás... El tiempo dejó de existir y el mundo desapareció a su alrededor.

Dare susurró su nombre y la giró entre sus brazos. No se hizo esperar para aceptar la invitación de su boca entreabierta de nuevo. Sus lenguas se entrelazaron, sus pechos se pegaron. Era delicioso, pero no era suficiente, se dijo él, apoyándola contra el tronco de un roble centenario.

Ella enredó los dedos en su pelo, besándolo con pasión. Mientras, él deslizó las manos bajo su sujetador y se deleitó tocándole los pechos, antes de inclinar la cabeza para meterse uno de sus pezones en la boca. Sabía a ambrosía. Chupó y lamió con placer, primero uno, luego, el otro.

Carly se aferró a él con más fuerza, le clavó las uñas en la espalda. Sus gritos de placer delataban que estaba húmeda para él. Dare sabía que lo único que tenía que hacer era tumbarla en el suelo, bajarle la cremallera, colocarse entre sus piernas y sería suya.

Estuvo a punto de hacerlo, pero un atisbo de cordura penetró en su cerebro. Estaban en un camino público, en medio del bosque de Rothmeyer. Separó sus bocas y la miró a los ojos.

–No voy a tomarte en el suelo del bosque.

Carly parpadeó un par de veces, como si acabara de despertar de un sueño. ¡Cielos! ¡Se había vuelto loca!

No podía creer que lo hubiera besado de esa manera.

Ni lo mucho que había deseado quitarle la ropa y tocarlo en todas partes.

Al dar cuenta de que tenía el sujetador desabrochado, Carly se lo puso de nuevo y se colocó la camiseta.

—Créeme, no quiero que me tomes en ninguna parte. No quiero que me toques nunca más.

Dare clavó la vista en su pezones erectos bajo la ropa.

—Te he dicho que no me gustan las mentiras.

—No miento. Yo... —comenzó a decir ella y se interrumpió, cubriéndose el pecho con las manos. Quería que aquel hombre no la afectara, que su cuerpo no reaccionara ante él. Pero...

—Si hubieras llevado falda en vez de pantalones, ya serías mía y lo sabes —dijo él con voz ronca por el deseo.

—Te habría detenido antes de eso —aseguró ella, con más valor del que sentía.

—¿Ah, sí?

Dare miró su boca, hinchada por los besos, sus mejillas sonrojadas. Era muy hermosa. Quizá era la mujer más guapa que había visto. El deseo que sentía era tan fuerte que tuvo que darle la espalda para poder contenerse.

Todavía temblando por las emociones que la invadían, Carly se preguntó cómo era posible que ese hombre al que odiaba incendiara su cuerpo de esa manera, nublándole la razón como nunca le había sucedido. Pero solo lo hacía para burlarse de ella. Él podía volverse de hielo al instante de haberla besado, sin ninguna dificultad. Sin embargo, ella...

—Te gusta humillarme, ¿verdad? —le acusó Carly.

—Al contrario. Pensé que te estaba dando placer —repuso él con ojos ardientes.

—No niego que sabes qué hacer con las manos —le

concedió ella y miró sus labios–. Y con tu boca –añadió, levantando la barbilla–. Pero debes saber que nada me empujaría a acostarme con un hombre como tú.

–¿Y cómo soy yo? –preguntó él, apretando la mandíbula.

–Un mujeriego grosero y dominante que toma lo que quiere sin pensar en las consecuencias.

Dare arqueó las cejas.

–¿Mujeriego?

–He buscado información sobre ti en Internet –le dijo ella, quitándose el pelo de la cara–. ¡Y has tenido más parejas que yo pacientes!

Dare esbozó una lenta sonrisa.

–Teniendo en cuenta que no sé cuántos pacientes has tenido, no puedo discutírtelo. Pero me complace que te hayas tomado la molestia de buscar información sobre mí.

–Pues no tienes razón para ello –le espetó Carly–. Quería saber qué clase de hombre trata a su abuelo con tanta crueldad. Ahora lo sé. ¡Un hombre horrible!

Enderezando la espalda, Carly se apartó de él, jurándose que no quería volver a verlo.

Capítulo 5

HAS disfrutado del paseo, cariño? –le preguntó su madre a Dare, cuando la encontró sola en un pequeño salón dentro de la casa–. Sabes, me ha caído muy bien Carly. Parece una mujer inteligente. Y también es guapa. ¿No crees?

Dare percibió el tono esperanzado de su madre. Sin embargo, Carly era la mujer más frustrante que había conocido y no tenían, en absoluto, ningún futuro como pareja.

–No trates de hacerme de celestina, mamá, ya sabes que no me gusta –repuso Dare. Era algo que su madre ya había intentado en otras ocasiones–. Si estás lista para irte, Mark tiene el coche esperando en la puerta.

–Solo estaba expresando mi opinión, hijo. No hace falta que te pongas así –dijo su madre, ofendida–. No es culpa mía, si Carly me ha parecido una mujer con los pies en la tierra... y nada pretenciosa. Una chica normal.

–Nada que ver con las mujeres con las que salgo.

–¿A eso le llamas salir? –preguntó su madre con fingido tono de inocencia–. Si tus relaciones solo duran unas horas...

Dare frunció el ceño.

–Si querías tener nietos, deberías haberte casado otra vez y haber tenido más hijos –le espetó él. Al instante, se sintió como un imbécil al ver la expresión dolida de su madre. Él sabía muy bien por qué ella no se había querido arriesgar a tener más relaciones–. Lo siento –se disculpó, pasándose la mano por el pelo con frustración–. Lo que he dicho estaba fuera de lugar. Pero no quiero hablar de Carly. Me gustaría saber qué pasó con Benson cuando me fui.

Ella suspiró.

–¿Por qué no vienes a sentarte? Esta era una de mis habitaciones favoritas cuando era niña.

–Lo siento –repitió él–. Estoy un poco... –añadió y, pasándose la mano por el pelo otra vez, miró a su alrededor. El pequeño salón tenía sillones bajo las ventanas y mesitas bajas–. ¿Cómo te sientes al estar de vuelta aquí?

–Muy bien, la verdad. Es como si tuviera diecinueve años otra vez. ¿Pero cómo estás tú? ¿Un poco qué?

Por supuesto, Dare no iba a contarle que se sentía sexualmente frustrado.

–Nada –dijo él y sonrió para convencer a su madre–. ¿Qué quiere Benson entonces?

Su madre suspiró.

–Volver a conectar conmigo. Conocerte a ti. Es un gran admirador tuyo.

Dare afiló la mirada.

–¿Ya?

–Sí. Ha buscado información sobre ti en Internet.

Al parecer, todo el mundo buscaba información sobre él. ¿Habían Carly y su abuelo indagado sobre su pasado mientras habían estado juntos en la cama? ¿Por qué no podía quitarse ese pensamiento de la cabeza?

Carly había negado amar al viejo... pero no había explicado en qué consistía su relación.

–¿Eso es todo? ¿No dijo nada más? –preguntó Dare, frunciendo el ceño.

–Bueno, ahora que lo mencionas, me ha invitado a quedarme aquí unos días.

–¿Y qué le has dicho?

–Le he dicho que sí.

Por el brillo de determinación de sus ojos, Dare adivinó que era una decisión inamovible y suspiró.

—Yo tengo que estar en la oficina el lunes por la mañana. No puedo...

—No te estoy pidiendo que te quedes conmigo, cariño. Sé que estás muy ocupado. Cuando empecé a hablar con tu abuelo, me di cuenta de que tenemos demasiadas cosas que contarnos y necesitamos más tiempo.

Dare frunció el ceño todavía más. Él también tenía que hablar con Benson, y cuanto antes mejor.

—Dare, ¿adónde vas?

—A ver a Benson.

Su madre suspiró.

—Dare, sé amable.

Él sonrió.

—Yo siempre soy amable, mamá, ya lo sabes.

Después de haberlo buscado en el piso de abajo, Dare encontró a su abuelo en su habitación con la encantadora doctora Evans.

—Dare —dijo el viejo con cierta aspereza—. Me alegro de que te hayas pasado a verme.

Sin duda, Benson lo había estado esperando, caviló Dare. Por el gesto tenso de Carly, supuso que ella le había advertido de sus intenciones belicosas. ¿Le habría contado algo más? ¿Le habría hablado también de los apasionados besos que habían compartido?

Sin pensar, posó los ojos en la cama de matrimonio, que no tenía ni una arruga, por suerte.

—Tenemos que hablar.

—Sí —admitió Benson.

Carly se inclinó y le murmuró algo al barón al oído. El viejo negó con la cabeza. Invadido por un fiero instinto de posesión, Dare apretó los puños.

–No es de buena educación decir secretitos al oído delante de los demás –le espetó él a Carly–. ¿No te lo enseñó tu madre?

Cuando ella se sonrojó, Dare recordó lo caliente que podía ser. Y su sabor, más dulce que el azúcar.

–No estaba diciendo secretitos.

–Estaré bien, no te preocupes –le dijo Benson a la doctora, dándole un apretón en la mano.

Ella no lo creía. Era obvio. Posó en Dare una heladora mirada.

–Te veré luego –le murmuró la doctora a Benson.

El barón la observó con mirada cariñosa, mientras Carly se dirigía a la habitación contigua y cerraba la puerta tras ella.

–Muy guapa, ¿verdad?

Dare no parpadeó.

–¿Te estás acostando con ella?

–Como siempre, muy directo –señaló el barón con tono seco–. Dicen que es una de tus cualidades.

Dare tenía una paciencia legendaria también. Sin embargo, en ese momento, no le quedaba ni una gota.

–En Estados Unidos, apreciamos los comentarios directos. Es mucho más efectivo que hacerle la pelota a alguien mientras esperas a llegar adonde deseas llegar. ¿No te parece?

Benson suspiró.

–Carly es una joven encantadora, pero yo no tengo tantas fuerzas como crees.

–¿Puedes responder con un simple sí o no?

–No, claro que no me acuesto con ella.

Dare no había sentido tanto alivio en toda su vida. Ni siquiera cuando la compañía en la que había invertido todos sus ahorros fue todo un éxito en su primer año en Bolsa.

–¿Cuánto tiempo te queda entonces? –preguntó él,

pasándose una mano por la cabeza. Si el viejo no se acostaba con Carly Evans, debía de ser porque tenía un pie en la tumba.

Su abuelo no fingió no haberlo entendido y respondió a lo que le preguntaba.

—No lo sé. Tengo un tumor cerebral. Los médicos esperan que se haya encogido antes de operar.

¿Un tumor cerebral?, se dijo Dare. Diablos, pensó, sintiéndose un poco culpable por lo cínico que había sido con él.

—¿Y Carly es tu oncóloga?

—No. Carly trabaja para una agencia que contraté porque necesito que me monitoricen las veinticuatro horas a causa de mi diabetes.

Dare frunció el ceño.

—¿Por qué no se lo has contado a mi madre? —quiso saber él. Seguro que, si su madre lo hubiera sabido, se lo habría mencionado.

—Todavía no se lo he dicho a nadie. Y me gustaría que Rachel quisiera pasar tiempo conmigo por voluntad propia y no porque sepa que estoy gravemente enfermo.

—Quieres que ella te perdone, ¿no?

—Sí. Me comporté mal hace años y soy lo bastante hombre como para admitirlo.

—Has tenido tiempo de sobra para pensar en ello.

—No desaprovechas ninguna oportunidad para lanzar pullas, ¿verdad? —comentó Benson con una mueca.

Dare había convivido con un padre manipulador por naturaleza. Odiaba los juegecitos, a no ser que fueran dentro de la alcoba y de naturaleza placentera.

—Iré al grano, viejo. Mi madre ha sufrido durante años con mi padre y, durante demasiado tiempo, tuvo que trabajar en tres empleos para pagar mis estudios. Entonces podías haberle echado un cable, pero no lo hiciste. En mi opinión, eso te hace desmerecedor del perdón.

Su padre esbozó una tristísima expresión. Aunque a Dare no le importaba. Si el viejo esperaba que lo perdonara, podía esperar hasta que las ranas criaran pelo.

Al fin, Benson se levantó de su escritorio y sacó un sobre de uno de los cajones.

Se lo entregó a su nieto y se sentó de nuevo.

—Léelo —le urgió el barón.

Dare se quedó mirándolo con perplejidad. El sello era de Australia, donde habían vivido hasta que había tenido seis años. Entonces, se habían mudado a América.

Intuyendo que no iba a gustarle lo que estaba dentro, leyó la escritura de su padre. Se encogió ante la furiosa carta que habría impedido al mismo Papa volver a intentar establecer contacto.

Cuando vio la firma, maldijo en voz alta y miró a su abuelo.

—Mi madre no escribió esta carta.

—Lo sé —afirmó Benson, lleno de dolor—. Ahora, lo sé. Cuando la recibí hace veintisiete años, ni siquiera lo puse en duda. Y, por desgracia, nunca volví a intentar hablar con ella.

El silencio pobló la habitación, mientras Dare miraba perplejo la terrible carta.

—Y ahora que te estás muriendo quieres arreglar las cosas.

—No es exactamente así. Hace tres meses, antes de que supiera que mis problemas de salud eran más serios de lo que creía, vi una foto en la consulta de un médico. Era de un evento social en Nueva York y reconocí a Rachel de inmediato. No espero que lo entiendas, pero después de ver su cara de nuevo... comprendí que necesitaba verla.

Dare no dijo nada, mientras cavilaba sobre lo que acababa de descubrir. ¿Cómo habría reaccionado él ante la misma situación? Quizá habría hecho lo mismo que su abuelo...

–¿Sabe mi madre algo de esta carta?

Benson meneó la cabeza.

–Todavía no se la he enseñado.

–No lo hagas –pidió Dare–. Mi padre nos contaba tantas mentiras que, cuando era pequeño, crecí pensando que era un agente secreto. Solía compartir conmigo sus confidencias y repetirme que mi madre no lo entendía. Hasta que murió, no supe que solo había sido un timador con aires de grandeza –explicó y, con un suspiro, le devolvió la carta a su abuelo–. Además, por suerte para ti, mi madre no necesita ver esto para perdonarte.

–A diferencia de ti.

–Sí, a diferencia de mí –admitió Dare. Sin embargo, en ese momento, no podía decir cómo se sentía ni si lo había perdonado. Necesitaba tiempo.

–De tal palo, tal astilla.

–Es la segunda vez que me acusas de ser como mi padre –le espetó Dare con gesto asesino.

–En realidad, me refería a que me recuerdas a mí mismo –aclaró Benson con una mueca–. La amargura es peligrosa y destructiva, Dare. Te va comiendo por dentro poco a poco, como un parásito.

–Llevo una vida estupenda. No tengo nada por lo que estás amargado.

–Sí, te ha ido bien. Me llama la atención que te dediques a las inversiones y compra de compañías. ¿Qué haces con ellas? ¿Desmantelarlas y venderlas a pedazos?

Dare se encogió de hombros.

–Depende de la compañía. Algunas no pueden sacarse adelante.

–¿Qué me dices de BG Textiles?

–¿Qué pasa con ella?

–Estamos pasando un mal bache.

–Eso he oído.

–¿Lo has oído? ¿O tienes algo que ver con ello?

Dare afiló la mirada.

–¿Qué quieres decir?

–Iré al grano, como te gusta –repuso el barón con un suspiro–. Alguien está tratando de hundir mi compañía. ¿Eres tú?

Dare rio.

–¿Para qué iba a querer yo tu empresa?

–Quizá para vengarte de mí.

–Si fueras más joven, acabaría contigo.

–Sería una bonita adición a tu colección –insistió Benson–. Y te permitiría ampliar tu expansión en el Reino Unido.

–He abierto una oficina en Londres porque me pareció que era una buena oportunidad de negocio. No para vengarme. De hecho, había olvidado que tenía parientes ingleses hasta que te pusiste en contacto con mi madre. No soy yo quien anda detrás de BG Textiles.

Benson asintió tras un breve silencio.

–Te creo.

–Yo no miento.

–Lo entiendo. Y si te soy honesto, no me cuadraba que fueras tú quien estaba manejando los hilos para bajar el valor de mi compañía en el mercado. Pero tenía que preguntártelo.

Sin duda, era esa la razón por la que su abuelo no había hecho público su estado de salud, adivinó Dare. Si lo hiciera, el precio de BG Textiles caería en picado.

–Espero que tengas otros sospechosos.

–Sí, algunos.

Dare no dudaba que el viejo intentaría llegar al fondo de todo ello mientras esperaba ser operado. No era muy recomendable para su salud. ¿Pero a él qué le importaba? Si Benson quería acortar su vida, no era problema suyo.

–Lo siento, Dare. Si hubiera sabido que Rachel había recurrido al apellido de soltera de su madre y que tú eras...

–No sigas, Benson –le interrumpió él. Las palabras de su abuelo lo herían como una cuchilla afilada–. ¿Qué más da lo que podrías haber hecho?

–Es cierto –reconoció el barón, encogido.

Alguien llamó a la puerta, rompiendo la tensión entre ambos. Dare se giró, esperando ver a Carly en la puerta.

Pero no era ella. Era la señora Carlisle, para preguntarle al barón a qué hora quería que sirviera la cena.

Una vez que la vieja ama de llaves se hubo ido, Benson se giró hacia su nieto.

–¿Quieres quedarte otra noche con nosotros, Dare?

Dare posó los ojos en su abuelo, que parecía más cansado de lo habitual. Él no quería quedarse, no. Pero, muy a su pesar, el viejo estaba logrando abrirse un hueco en su corazón.

Otra persona, además, también estaba calándole hondo. Y, sin duda, ella también estaría en la cena.

¿Qué más daba cenar allí o en Londres?, se dijo. Al fin y al cabo, tenía que cenar.

–Me quedaré.

Antes de eso, sin embargo, Dare decidió dar una vuelta en moto para refrescar un poco sus ideas.

Mientras iba a su habitación para cambiarse, reconoció que se encontraba de mejor humor. ¿Pero por qué? Sin duda, le había ayudado mucho saber que las intenciones de Benson acerca de su madre nacían de un sincero deseo de reconciliación y no eran ningún truco. Seguramente, su alegre estado de ánimo no tenía nada que ver con el hecho de que su abuelo no se estuviera acostando con la preciosa Carly Evans...

Capítulo 6

CARLY se miró en el espejo antes de bajar a cenar. Había estado a punto de excusarse y decir que comería en su dormitorio a causa de un dolor de cabeza.

Sin embargo, aliviada, había oído el motor de la moto de Dare alejándose de la casa. Se había ido, sin decir adiós, por suerte. Así que no había razón para portarse como una cobarde. Bajaría al comedor.

La señora Carlisle solía esmerarse mucho en la cena. De hecho, Carly nunca había comido tan bien como en la mansión Rothmeyer. Sin duda, echaría de menos las artes culinarias de la cocinera cuando tuviera que dejar ese trabajo.

Todavía no había decidido si aceptaría el empleo que le había ofrecido la agencia. Sabía que tendría que regresar a Liverpool en algún momento. ¿Pero estaba preparada?

Por alguna razón, pensó en el rostro de Dare James. ¿Cómo era posible que un tipo tan arrogante le resultara tan atractivo? No tenía ni pies ni cabeza.

Sí, era un hombre guapo, viril, fuerte... Carly hizo una mueca. Ya había tenido bastante con Daniel. No había sitio en su vida para otro macho controlador, dominante, egocéntrico y grosero.

Sí, era mucho mejor que Dare se hubiera ido sin despedirse, se dijo a sí misma. Así, podría continuar con su vida y olvidar para siempre el desafortunado encontronazo. Esa noche, después de la cena, tomaría una decisión respecto a su futuro. Tal vez, se mudaría a Londres y sentaría la cabeza de una vez por todas.

Seguramente, Liv se reiría de ella. Su hermana siempre había insistido en que no se tomara la vida tan en serio. Liv había sido quien la había animado a salir, a ir al cine, a dejar de lado los estudios de vez en cuando, a cambiarse el estilo de peinado, a comprarse ropa más a la moda.

Con un nudo en la garganta, se recogió el pelo en un rápido moño. A Liv no le habría gustado Dare James, sin duda. Lo habría considerado engreído y abusivo y... No. En realidad, a Liv le habría resultado divertido y sensual, reconoció para sus adentros, frunciendo el ceño. Habría admirado sus músculos y le habría parecido una especie de héroe montado en su reluciente moto.

Meneó la cabeza. Vaya héroe. Ese hombre parecía creado para romper corazones a su paso. Ella tenía suerte de que se hubiera ido sin despedirse. Si no, le habría dicho exactamente lo que pensaba de él. Le habría dicho...

Carly se sonrojó al recordar que se había abrazado a él en el bosque como una anaconda clueca.

Qué vergüenza.

Sin embargo, lo importante era que Dare se había ido. Ella debía concentrarse en el futuro. Ya había pasado por una relación desastrosa y, por nada del mundo, quería tropezar dos veces con la misma piedra.

Frustrada por estar todo el rato pensando en él, salió de su dormitorio. Era natural que le resultara atractivo, con ese cuerpo de escándalo que tenía, caviló. Además, sin duda, era la clase de persona que sabía cómo hacer las cosas.

La había besado como si ella le hubiera pertenecido. Y había sido delicioso, admitió con un pequeño estremecimiento. La verdad era que estar entre los brazos de Dare James la había hecho sentir increíblemente femenina, deseable y sexy.

Al pensarlo, se le aceleró el pulso. Las infidelidades de Daniel habían hecho mella en su autoestima y, aunque fuera de forma inconsciente, ella había llegado a pensar que no valía la pena como mujer. Encima, Daniel no había dejado de acusarla de ser prácticamente frígida.

Pero con Dare...

Suspiró. De nuevo estaba dándole vueltas a lo mismo. Él se había ido, se recordó a sí misma. Y ella debía centrarse en cuidar al barón.

Dare James podía irse a seducir a cualquier otra pobre mujer. Seguro que tenía éxito. Sobre todo, si la besaba tan bien como la había besado a ella. Si le tocaba los pechos y le hacía esas cosas con los dedos...

—¿Te importa si te acompaño al comedor?

Girándose sobresaltada, Carly se llevó la mano al corazón como si fuera a escapársele por la boca. Maldición.

—¿Qué haces? ¿Por qué me acosas en las sombras de esa manera? —le increpó ella con la cara colorada, en parte, por los pensamientos sexuales que había estado acariciando y, en parte, por el susto.

Dare arqueó las cejas.

—No creo que te haya acosado. No es mi estilo —dijo él con una carcajada.

Carly frunció el ceño.

—Pensé que te habías ido.

—¿Sin despedirme? —replicó él, recorriéndola con la mirada—. ¿Tan ansiosa estás de deshacerte de mí?

—Eres tú quien dijo que se iba —repuso ella—. Y he oído tu horrible moto alejándose hace un rato.

—Necesitaba aire fresco para aclarar las ideas.

Cielos, ¿significaba eso que iba a quedarse?, se preguntó Carly.

–No te preocupes –dijo él, riendo como si le hubiera adivinado el pensamiento–. No me siento insultado por tu actitud tan poco hospitalaria.

–Eso es porque tienes un ego del tamaño del Himalaya.

–Quizá solo me alegro de verte.

–Disculpa, voy a cenar –dijo ella con tono seco.

–Espera –pidió él, agarrándola del brazo–. Tengo un par de preguntas que hacerte primero.

Zafándose de su mano, Carly trató de ocultar su sorpresa y lo miró.

–¿Qué?

–¿Es muy grave el estado de salud de Benson? –inquirió él en un susurro.

–¿Te ha hablado de su enfermedad?

–Me lo ha contado todo.

Dare supo que había dado en el blanco, porque ella se sonrojó.

–¿Y ahora te preocupas por tu abuelo?

–No lo sé –reconoció él–. Pero quiero saber qué posibilidades tiene de sobrevivir.

Carly dudó sobre qué información darle. También dudó sobre sus razones. ¿Usaría Dare contra su abuelo lo que le dijera?

–Por todos los santos –dijo él–. No voy a vender la noticia al mejor postor, si es lo que te preocupa.

–No me preocupa eso –señaló ella–. Me preocupa lo que puedas decirle a él. Tiene la tensión demasiado alta. Necesita descansar y no estresarse antes de la operación.

–¿Y tú crees que quiero que empeore?

Carly dio un paso atrás para poner distancia entre ellos.

–Fuiste muy grosero cuando llegaste –le recordó ella.

–Diablos –dijo él, pasándose la mano por el pelo con frustración–. No soy tan cruel. No voy a usar la información contra él.

Sonaba sincero, pensó Carly y decidió contestar a su pregunta.

–La verdad, no lo sé. Si el tumor decrece y pueden quitárselo entero y su diabetes no complica las cosas, el pronóstico es bueno y sobrevivirá a la operación. Después de eso, es cuestión de esperar para ver si el cáncer se extiende o no. Ahora, si me lo permites...

Dare se hizo a un lado para dejarla pasar. Por desgracia, al mismo tiempo, ella se movió hacia el mismo lado y, en un instante, sus cuerpos se estrellaron.

Ninguno de los dos se movió. Dos segundos después, ambos dieron un paso atrás. Carly se apartó un mechón de pelo de la cara. Dare estuvo a punto de hacerlo por ella, pero se metió las manos en los bolsillos.

–No podemos seguir con esto –murmuró ella, sonrojada–. No puedo explicar...

–¿La atracción que sentimos?

–No hay nada de eso –negó ella.

Dare sonrió despacio.

–Oh, yo creo que sí.

Ella soltó un suspiro, molesta.

–Estoy seguro de que para ti es normal sentirte atraído por una mujer, pero... –balbuceó ella, cada vez más sonrojada–. A mí no me gusta.

A Dare tampoco. Si ella creía que sentía lo mismo por todas las mujeres, se equivocaba. No recordaba cuándo había sido la última vez que había deseado tanto a alguien, se dijo, posando los ojos en sus labios.

Si se hubieran conocido en otras circunstancias y pudiera confiar en ella, tal vez llevaría las cosas más lejos, se dijo Dare. Podía invitarla a cenar. Y a la cama. Pero, aunque era una idea muy apetecible para su cuerpo, su mente no dejaba de advertirle de que lo mejor era olvidarlo.

—Olvídalo.

Carly parpadeó.

—¿Sin más?

—Sí —afirmó Dare. Una vez que él tomaba una decisión, siempre se mantenía firme—. ¿Por qué no bajamos al comedor, nos comportamos bien y, luego, nos vamos a la cama? Cada uno a la suya, por supuesto. Mañana, me habré ido con el amanecer y podremos fingir que nunca nos hemos conocido.

—Me parece... —comenzó a decir ella, enderezando la espalda—. Me parece una idea excelente.

—¿Vamos? —propuso él y le hizo un gesto para que pasara delante.

Durante la mayor parte de la velada, todo fue bien. Benson era un buen anfitrión y Dare disfrutó escuchando sus historias sobre la aldea. Sobre todo, le gustó escuchar anécdotas sobre su madre de pequeña. Le sorprendió saber que había sido una niña rebelde e indomable. También, Benson admitió que no había tenido ni idea de cómo educar a su hija después de que hubiera muerto su mujer. Poco a poco, Dare empezó a entender el valor de comprender el pasado.

Sin embargo, a pesar de que estaba concentrado en la conversación y la comida era deliciosa, nada podía distraerle de la preciosa pelirroja sentada a su lado. Cada vez que sus piernas se rozaban debajo de la mesa, cada vez que ella se llevaba la copa a los labios, cada vez que reía con suavidad al hilo de la conversación... todo iba alimentando su deseo de terminar lo que habían empezado.

Todas las razones para que no intimaran se habían desvanecido. Por eso, Dare se arrepentía de la impetuosa promesa que le había hecho de desaparecer de su vida al día siguiente.

¿Qué tenía de malo pasar una o dos noches con ella? Eran dos personas adultas...

–Lo siento –murmuró ella, cuando sus manos se rozaron accidentalmente.

–No pasa nada –dijo él, aclarándose la garganta–. ¿Qué querías? ¿Azúcar?

–Sí, gracias.

Cuando sus manos se tocaron de nuevo, Dare notó que una corriente eléctrica lo recorría.

Carly removió su café.

–El café no te va a dejar dormir esta noche –señaló él.

–Nada de eso –negó ella con una sonrisa–. Cuando eres médico y tienes que hacer guardias, aprendes enseguida a aprovechar cualquier momento disponible para dormir, sean las circunstancias que sean.

–Suena como un trabajo agotador.

–Sí, lo es –dijo ella con una sonrisa–. Las salas de urgencias son caóticas y muy estresantes. El café se convirtió en mi mejor amigo durante esos años.

–Sé lo que quieres decir.

–¿Ah, sí?

–Claro. No es posible trabajar en el turno de noche en una gasolinera y, luego, correr a la universidad a hacer un examen de tres horas sin tener algo de cafeína en las venas.

Carly lo miró con ojos brillantes, sonriente.

–Eso es. ¿Pero sabes que el mejor café es el primer café del día? Cuando está caliente y su acidez te baña la lengua –dijo ella y miró al cielo–. Es sublime, ¿verdad?

–Claro, la ley de los rendimientos decrecientes.

Ella arqueó una ceja.

–¿Cómo?

Dare rio.

–Significa que, en todos los procesos productivos, si añades más de un factor de producción y dejas los demás constantes, llegará un momento en que los rendimientos por unidad decrecen –explicó él y rio con suavidad ante la expresión perpleja de ella–. En el caso del café, significa que, cuanto más bebes, menos placer te produce.

–Ah, entiendo –repuso ella, riendo con suavidad.

Dare pensó que, en el caso de las sonrisas de Carly, la ley del rendimiento decreciente no se aplicaba.

–¿De qué habláis con tantas risitas?

Dare frunció el ceño ante la pregunta de su madre. ¿Risitas?

–Café –respondió Carly–. Respecto a si te mantiene despierto toda la noche –añadió y se removió incómoda en su asiento–. A propósito, ha llegado mi hora de irme a la cama. ¿No os importa si me retiro?

–Claro que no –contestó Rachel.

Carly esbozó una sonrisa forzada y Dare se quedó pensando qué había pasado. Habían estado hablando animadamente, tan a gusto, y de pronto ella se despedía y actuaba como si él no existiera.

–¿Seguro que estás bien? –preguntó él, un poco tenso.

–Muy bien.

Si ella quería irse a la cama tan temprano, no era asunto suyo, se dijo Dare. No tenía motivos para sentirse irritado.

–Dulces sueños –se despidió él, recostándose en su asiento. Levantó la botella de la mesa–. ¿Más vino, mamá? ¿Benson?

Carly se sintió mucho mejor después de cepillarse el pelo y ponerse el pijama. Respiró hondo, tras una intensa velada en que, con cada roce de su pierna, Dare le había hecho subir la temperatura sin parar.

Por primera vez, él se había portado bien con ella. Al haber conocido su lado relajado y amable, le resultaba difícil recordar lo egoísta y grosero que podía ser.

Su madre siempre había dicho que un hombre que se portaba bien con su madre se portaría bien con su mujer. Pero ella no quería pensar en eso. Había elegido mal su pareja en una ocasión anterior y podía caer en la misma trampa otra vez.

Una vez que Dare se hubiera ido por la mañana, sería como si nunca se hubieran conocido. Sus caminos se habían cruzado por un instante y nunca más se volverían a encontrar.

Era una buena noticia, teniendo en cuenta que era un hombre acostumbrado a tener aventuras pasajeras.

Oh, sí, acostarse con Dare James podía ser muy excitante. ¿Pero y si no era más que otro error como los que había cometido ella en el pasado?

Frustrada con sus pensamientos de fracaso, Carly se sentó delante de su portátil. Revisó su correo electrónico y abrió el de su agencia de trabajo.

El empleo que le ofrecían era en Kent, para cubrir una baja por maternidad en una pequeña clínica.

Carly se mordió el labio inferior, debatiendo si aceptar o no. Una pequeña clínica podía ser interesante aunque, después de haber hablado con Dare esa noche, había recordado lo emocionante que era trabajar en un hospital grande y bullicioso.

La pregunta era si quería regresar a esa vida de nuevo. ¿Y dónde? También tenía que pensar en el piso que había comprado con Liv. Debía tomar una decisión respecto a eso.

«Oh, Liv, ¿por qué no pude salvarte?», pensó.

Con el corazón en un puño, se preguntó para qué le

servía ser médico, si no podía salvar a la gente. Estaba furiosa consigo misma. Con la vida. Liv había confiado en ella y la había decepcionado.

Con los ojos llenos de lágrimas, se recostó sobre las almohadas. Pero las lágrimas no le devolverían la vida a Liv.

Tratando de ser positiva, entró en una página web de empleos médicos y empezó a buscar los puestos disponibles.

De pronto, una llamada a su puerta la sobresaltó. De inmediato, supo quién era. El barón era demasiado respetuoso para llamar así a esas horas y Rachel también habría tocado la puerta con más suavidad.

Quizá, si se quedaba muy quieta y fingía estar dormida...

—No te he dado permiso para entrar —dijo ella al hombre que abrió la puerta.

—Sabías que vendría.

—¿Y por qué iba a saber eso? —replicó ella, esforzándose por mantener la calma.

—No entiendo por qué estabas tan sonriente y feliz y, de golpe, te quedaste como si hubieras visto un fantasma.

—Exageras.

—No lo creo. ¿Qué pasa? —preguntó él, cerró la puerta y se acercó.

De ninguna manera, pensaba Carly confesar que se había sentido abrumada por su presencia. Tampoco quería contarle que había necesitado algo de espacio, pues él le había hecho volver a desear cosas que no debía, como tener una relación estable. O tener un hogar.

—Nada —dijo ella, con el corazón a todo galope—. Como puedes ver, estoy muy bien.

Cuando Dare la recorrió con la mirada, Carly se quedó muy quieta, consciente de que solo llevaba puestos una pequeña camisola de tirantes y unos pantalones cortos a juego, adornados con corazoncitos rojos.

–Sí, muy bien.

Carly esbozó una educada sonrisa.

–Ahora puedes irte.

En vez de obedecer, él se acercó hasta el borde de la cama y se paró allí con las manos en las caderas.

–¿Siempre ignoras la petición de una mujer?

–¿Era una petición? A mí me ha parecido una orden.

–¿Qué quieres, Dare? –preguntó ella, insegura, tras un instante de titubeo.

–Buena pregunta.

Sabiendo que él la estaba provocando deliberadamente, Carly respiró hondo y contó hasta diez. Después de haber trabajado tres años en uno de los hospitales más grandes de Liverpool, había tenido que enfrentarse a hombres más insolentes que ese.

–Pensé que habías decidido olvidar eso.

–Ah, sí. El problema es que la atracción es difícil de controlar.

–Esfuérzate más.

Él rio.

–Tranquila. Solo he venido para hablar.

Fingiendo una calma que no sentía, Carly tomó su bata de seda de la silla, se la puso y se sentó en uno de los sillones que había frente a la chimenea.

Dare la siguió y se apoyó en el sillón contiguo.

–Tengo una curiosidad.

–¿Puedes satisfacerla en otra parte? –pidió ella.

–Por desgracia, no –repuso él con una sonrisa–. Dime, ¿por qué una doctora tan bien cualificada acepta un empleo de enfermera de un viejo?

Para huir. Para esconderse, pensó ella.

Incómoda por sus pensamientos y con el hombre que los provocaba, le lanzó una mirada heladora.

–Primero, no tiene nada de malo ser enfermera. Segundo, no es asunto tuyo –le espetó Carly y se puso en pie.

–No quería decir que fuera malo ser enfermera, sino que está por debajo de tus capacidades profesionales –puntualizó él–. Además, creo que hay escasez de médicos en todo el país.

–Así que ahora eres experto en la profesión médica. Debe de ser agradable ver el mundo desde tu alto pedestal.

–Yo no he dicho eso.

–No hace falta. Siempre estás juzgando a los demás. Es lo que mejor se te da.

–Solo te he hecho un par de preguntas –repuso él, apretando la mandíbula.

Carly respiró hondo.

–Ya me has hecho preguntas antes, muy desagradables, por cierto.

–Sí, tengo que reconocer que puede que cometiera un error.

–¿Uno? –dijo ella, arqueando una ceja.

–Uno o dos –admitió él y sonrió–. Lo que importa es que te debo una disculpa.

–Adelante, entonces.

Dare sonrió al ver la breve sonrisa de ella.

–Lo estás disfrutando.

–Estoy disfrutando de ver que, por fin, agachas la cabeza, sí –confesó ella.

–¿Quién agacha la cabeza? Cuando cometo un error, no me cuesta reconocerlo.

–¿Y pasa a menudo?

–No. Pero ha pasado ahora. Y me disculpo por haber sacado conclusiones apresuradas sobre tu relación con mi abuelo.

Carly tragó saliva.

–Está bien. Tal vez, yo habría sacado las mismas conclusiones si hubiera estado en tu lugar.

–¿Quieres decir que habrías pensado que me acostaba con mi abuelo? –preguntó él, frunciendo el ceño con gesto burlón.

Carly rompió a reír.

–Bueno, igual, no.

Cielos, cómo deseaba besarla, se dijo Dare. Había mentido cuando había dicho que solo quería hablar. Había ido a su habitación porque necesitaba verla.

–¿Esa es la razón por la que has venido?

–¿Qué?

–Para disculparte.

Dare suspiró.

–Me intrigas mucho, doctora Evans. Quizá solo quiero conocer tu historia –reconoció él en voz baja.

Cuando Carly se apoyó en el respaldo del sillón a su lado, él tuvo ganas de apartar el mueble, tomarla en sus brazos y tumbarla en la cama.

–Mi historia es muy aburrida.

–¿No debo ser yo quien decida eso?

–Tuve una infancia muy normal, con una hermana y mis padres... y viví en Liverpool hasta hace un año.

–No me das muchos detalles –observó él con una sonrisa–. ¿Qué pasó hace un año?

–¿Por qué tiene que haber pasado algo?

Él se encogió de hombros.

–Te irías por alguna razón.

–Quería viajar.

–¿Nada más?

Carly afiló la mirada. Dare empezaba a parecerse a Daniel durante sus interrogatorios. ¿Debería decirle eso? ¿Debería confesarle que había sufrido con su anterior pareja, que su hermana había muerto y que...? Tragó saliva. No, él no tenía por qué saber lo de Liv.

–Pensé que estaba enamorada –admitió ella–. Salimos juntos y él... me engañó. Fin de la historia. ¿Contento?

No, Dare no estaba contento de oír que había estado enamorada de otro hombre. Ni le hacía gracia que la hubieran hecho sufrir.

–¿Y te fuiste por él?

–Sí y no... –repuso ella, molesta–. No quiero hablar de eso.

–¿Porque sigues enamorada de él?

–Eso es algo muy personal –dijo ella, apartando la vista–. Pero no, no estoy enamorada de Daniel.

Dare hubiera preferido no conocer su nombre. No quería ni imaginarse al idiota con el que ella había salido. Además, se preguntaba por qué Carly no le había mirado a los ojos cuando le había respondido. ¿Le habría mentido?

Agitado, pasó la mano por el respaldo del sillón y, accidentalmente, descolgó el bolso que ella había tenido allí colgado. Todos sus contenidos se desparramaron por el suelo.

–Maldición –protestó él, mirando todo lo que había tirado.

–No pasa nada –le tranquilizó ella, mientras se arrodillaba a su lado–. Yo lo recojo.

Sintiéndose como un idiota, Dare se agachó. Cuando recogió el bolso, se fijó en una caja de terciopelo. Curioso, la agarró.

–¿Puedo verlo?

Ella miró la caja y se sonrojó.

–Es el collar que estuve a punto de perder.

Dare abrió la caja despacio y posó los ojos en la cara joya que relucía en su interior.

–¿Quién te lo ha regalado? ¿Tu ex?

Carly terminó de guardar las cosas.

–No. Ha sido... nadie importante.

Dare arqueó las cejas ante su respuesta evasiva.

–¿Lo sabe él?

–¿Qué?

–¿Sabe él que no es importante?

Carly frunció el ceño, quitándole la caja de las manos.

–¿Por qué me hablas otra vez con ese tono?

Dare respiró hondo. Se preguntó cómo podía dirigir una corporación internacional sin pestañear y, sin embargo, esa mujer lograba tenerlo siempre en la cuerda floja. Carly era una persona auténtica y agradable, él lo sabía. Además, era guapa e inteligente. Y la deseaba.

–Olvida lo que he dicho.

Carly metió la caja en el bolso.

–La persona que me regaló el collar lo hizo porque quería salir conmigo. No hay nada más que contar.

Dare lo dudaba. Ningún hombre le regalaba a una mujer una joya cara porque quisiera salir con ella. Era la clase de regalo que se daba para mostrar afecto o para despedirse. ¿Qué importaba?, se dijo a sí mismo. Era obvio que aquel tipo era historia y eso era lo único que le interesaba.

–No tienes por qué darme explicaciones –le aseguró él.

–Bien –dijo ella, dando un paso atrás–. Porque la verdad es que estoy harta de tener que explicarme ante un hombre. Es agotador.

–Estoy de acuerdo –señaló él, dando un paso hacia ella.

–¿Qué? ¿Cómo? Dare... ¿qué estás haciendo?

–Tomarte entre mis brazos –murmuró él.

Carly apoyó las manos en su pecho para frenarlo.

–Dare, no quiero esto. No.

Dare la besó. Con suavidad, dulcemente. Ella se quedó sin respiración.

–Sí. Sí quieres.

–No. Yo no...

Él la besó de nuevo. Con más urgencia.

Carly se derritió. Muy a su pesar, se derritió. Su contacto, su aroma, su calor.... eran sensaciones demasiado poderosas que no podía combatir.

–Carly...

Cuando él susurró su nombre, ella se aferró a sus anchos hombros. Quizá podía acostarse con él solo una vez, se dijo. Igual no pasaba nada porque se rindiera al deseo que la abrumaba.

Pero, luego, ¿qué? Dare se iría y se quedaría sola, hecha pedazos.

Ella meneó la cabeza mientras la besaba. Quería negarse, pero... no le salía la voz.

–Dare, yo...

El sonido de una alarma los sobresaltó. Carly apartó su boca.

–La alarma de mi reloj.

–Ignóralo –pidió él, deslizando las manos en su pelo.

–No, no puedo –dijo ella, apartándolo–. Tengo que darle la medicación a Benson.

Con reticencia, Dare la soltó. Carly se dirigió a la mesilla para apagar la alarma. Se quedó un momento dándole la espalda, paralizada por sus propios deseos prohibidos y por los errores que había cometido en el pasado.

–Creo que es mejor que te vayas –dijo ella en voz baja.

En vez de obedecer, Dare se acercó. Carly se quedó muy quieta. Temía girarse. Temía que, si lo miraba, no lo dejaría ir.

–¿Por qué? –preguntó él.

–No quiero esto.

–Querías besarme hace un minuto –insistió él con tono áspero–. Lo sentí. Percibí tu reacción.

–Físicamente, sí –admitió ella–. Eres un hombre atractivo, no lo niego. Pero es solo eso y... no es suficiente.

Dare se quedó unos segundos en silencio, mirándola.

–Creo que tienes miedo.

–¿Miedo?

–Tienes miedo a lo que te hago sentir.

Carly forzó una carcajada despreciativa, para ocultar lo cerca del blanco que habían dado sus palabras.

–Y yo creo que eres un arrogante engreído.

El tiempo se detuvo cuando, entonces, Dare se quedó contemplándola con gesto serio. Carly tuvo que hacer un esfuerzo supremo para no rendirse y rogarle que la besara.

–Siempre es mejor dejar las cosas claras –señaló él al fin.

–Estoy de acuerdo. Espero que esté todo aclarado entonces –contestó ella, levantando la barbilla.

–Claro como el cristal –aseguró él con la mandíbula tensa y salió de la habitación.

Carly se quedó inmóvil hasta que Dare dio un portazo detrás de él. Luego, se dejó caer en la cama, enterró la cabeza entre las manos y se preguntó si habría cometido el mayor error de su vida.

Capítulo 7

ESTÁS muy callado esta noche, Dare. ¿No te gusta la exposición?

Dare miró a la rubia que lo acompañaba. Él había conocido a Lucy hacía unos años en Nueva York y solían quedar cuando coincidían en la misma ciudad, como ese día.

Ella había ido a Londres por motivos de trabajo y había aprovechado para invitarlo a visitar la inauguración de una exposición de pintura en la casa de Whitechapel donde Jack el Destripador había llevado a cabo sus horribles asesinatos.

El artista había intentado canalizar la energía macabra de Jack, derramando pintura y restos de basura sobre sus lienzos. Dare no había visto nunca una forma de arte tan absurda.

Para colmo, la cerveza que servían no tenía espuma y el vino sabía fatal.

–No, está bien –dijo él, sin ganas de gastar saliva hablando sobre el tema.

Lo normal hubiera sido que, en ese momento, hubiera sugerido llamar a su chófer y dirigirse de vuelta al hotel con ella.

–Algo te preocupa –murmuró Lucy.

–No es nada importante.

–¿Puedo ayudarte?

Eso esperaba Dare. Era la razón por la que había aceptado la invitación de Lucy. Esperaba que ella pudiera animarlo, pues no había sido más que una sombra de sí mismo desde que había dejado la mansión Rothmeyer hacía una semana.

Nada había sido lo mismo desde entonces. Tampoco había regresado a Estados Unidos, como había previsto. Sus reuniones en Londres estaban alargándose más de lo previsto y su madre seguía en la mansión Rothmeyer.

Rachel estaba contenta de poder quedarse más tiempo con su padre y, sorprendentemente, Dare se alegraba por ella. Se alegraba tanto que incluso había acordado ayudar a Benson a descubrir quién estaba detrás de la filtración de secretos de BG Textiles.

–¿Qué opinas del uso del rojo que hace el artista en este cuadro? –preguntó Lucy, entrelazando su brazo con el de Dare.

Él miró el enorme lienzo que tenía delante. Parecía como si el pintor hubiera conocido a una pelirroja y hubiera decidido decapitarla.

–Me gusta. Tiene... algo, ¿no crees? –señaló él.

–Umm. Supongo que sí –susurró Lucy, lanzándole una mirada sensual por debajo de sus largas pestañas.

Carly Evans podía aprender un par de cosas de Lucy sobre su forma de llamar la atención de un hombre. Cansado de pensar tanto en Carly, en los momentos más inoportunos, suspiró. ¿Por qué le daba tantas vueltas?

Por desgracia, la pelirroja se le había metido en la cabeza y no lograba librarse de ella.

Quizá se había acordado de ella porque tenía previsto llamar a Benson al día siguiente para informarle de lo que había averiguado sobre BG Textiles.

No iba a gustarle.

Ni era una conversación que Dare tuviera ganas de mantener. ¿Cómo se le decía a un viejo que estaba al borde de la muerte que su otro nieto estaba vendiendo secretos a la competencia para poder pagar una mala inversión que había hecho hacía meses? Por lo que él había descubierto sobre Beckett, su estúpido primo ni siquiera era consciente del daño que le estaba haciendo a la compañía de su abuelo.

Al enterarse, el viejo podía sufrir un ataque al corazón, caviló. ¿Qué podía hacer? Tal vez debería ir en persona. Pero, entonces, se toparía con Carly Evans.

Sin embargo, si algo le pasaba a su abuelo después de recibir las malas noticias, la doctora lo culparía a él.

Sin duda, al verlo llegar, Carly Evans levantaría su barbilla en gesto de desaprobación, justo igual que la mañana en que se había ido. No había bajado a despedirlo, pero él la había visto asomada al balcón, asegurándose de que se iba.

Al fin, cansado de intentar beber aquel vino horrible, dejó su vaso sobre una mesa cercana.

—Ah, Dare. Creo que eso es parte de la exposición.

Dare se fijó en que la mesa estaba pintada y tenía, efectivamente, una tarjeta con el precio.

—Bueno, pues también es útil —dijo él—. ¿Lista para irnos?

—Cuando tú quieras —repuso Lucy, apretándose contra él.

Sí, Carly Evans tenía mucho que aprender sobre cómo responder a la invitación de un hombre, pensó él.

¿Pero por qué diablos estaba pensando en ella otra vez?

Carly era historia y la encantadora Lucy, no.

—¿Dare? ¿Dare?

—¿Qué? —preguntó él.

—Nada... —repuso Lucy—. Te has quedado parado de pronto. ¿Te hace falta algo?

—¿Un exorcista?

—¿Cómo? —replicó Lucy con una risa nerviosa. Des-

lizó las uñas pintadas de rojo por las solapas de la chaqueta de su acompañante–. No conozco a ninguno.

¿Cómo llevaba Carly las uñas? Dare no se había fijado en eso, demasiado ocupado con otras partes de su
cuerpo, como su esbelto cuello, sus pechos turgentes,
sus larguísimas piernas.

–Era una broma.

–¡Ah! –murmuró ella–. Estás muy raro esta noche.

–Y que lo digas.

Dejando atrás las horribles pinturas, Dare la guio
hasta la puerta principal.

Carly llevaba las uñas cortas, recordó de pronto,
pensando en cómo le había acariciado el cuello cuando
se habían besado y...

Dare maldijo.

Lucy lo miró como si fuera un marciano.

Tomando una decisión, acompañó a Lucy hasta el
coche donde Mark los esperaba. No podía estar con una
mujer mientras su mente no dejaba de pensar en otra.

–Cambio de planes –dijo él con tono de disculpa–.
Mark te llevará a casa, o adonde quieras.

Lucy le dedicó una sonrisa benevolente.

–¿Cómo se llama?

–¿Quién?

–La mujer en la que has estado pensando toda la
noche.

Dare soltó una risa forzada.

–Solo estoy pensando en el trabajo.

Lucy miró al cielo con gesto de no creérselo.

–Te conozco desde hace tres años y el trabajo nunca
te había hecho fruncir el ceño.

–Llevo una mala racha –dijo él. ¿Cómo era posible
que Lucy lo conociera tan bien y él ni siquiera recor-
dara su apellido?

–Algo te pasa y no puedes engañarme –comentó

Lucy, encogiéndose de hombros–. Yo apuesto a que es una mujer.

Dare no dijo nada. Le dolía admitir que tenía razón.

–Te llamaré.

–No contendré la respiración hasta que eso pase –dijo Lucy, suspirando.

Dare dio unos golpecitos sobre el capó del coche y Mark arrancó, dejándolo solo en la acera. Iría dando un paseo, se dijo. Eaton Square no podía estar tan lejos.

Una hora más tarde, le dolían los pies y tenía el pelo pegado a la cara por la lluvia que había empezado a caer sin previo aviso. Con una mueca, se metió en un pequeño café que todavía estaba abierto.

–Café solo doble –pidió él en la barra–. Gracias.

Tras llevarse la taza a una mesa junto a la ventana, cerró los ojos al saborear el primer trago y no pudo evitar recordar las palabras de Carly sobre lo delicioso que era el primer café del día.

Sí. Al fin, Dare supo qué debía hacer.

No llamaría a Benson, ni le daría la noticia sobre Beckett por teléfono. Iría hasta la mansión Rothmeyer a la mañana siguiente y se lo contaría en persona. Luego, hablaría con Carly.

Ella podía alegrarse de verlo o no. Pero solo había una forma de averiguarlo. No podía seguir pensando qué habría pasado si las cosas hubieran sido de otra manera.

Suspirando, se repitió que la doctora lo había deseado con la misma intensidad que él a ella, aunque no hubiera querido reconocerlo.

Y si la alarma de ella no hubiera sonado, tal vez Dare sabría cómo era hacer el amor con Carly Evans.

¿O no?

Maldición, no podía seguir pensando en lo probable o improbable. Era un hombre que trabajaba con los hechos. Siempre lo había sido.

El tiempo aclararía las cosas, caviló. Carly Evans podía mostrarse alegre por su visita o no. En cualquiera de los dos casos, sería un avance. Si ella no quería saber nada, él se marcharía y la olvidaría. Si no era así, le diría que no tenía sentido negar su deseo. El sexo era sexo. ¿Por qué complicarse negándolo o pensando demasiado?

Al salir del café, paró un taxi y se dirigió a casa. Se sentía como un general que acabara de tomar la decisión de llevar sus tropas a la batalla. El corazón le latía tan fuerte que casi superaba el ruido de la lluvia sobre el coche.

Carly salió de la piscina y se tumbó al sol. El tiempo había sido un poco más frío esa semana, pero el cielo estaba despejado en aquellos días de final del verano.

Benson estaba en buena forma para la operación. Todo apuntaba a un pronóstico positivo. Sobre todo, al barón le había ayudado tener cerca a su hija. Era agradable ver a los dos jugando a las cartas y paseando juntos por los jardines.

Su reencuentro le había hecho replantearse muchas cosas a Carly. Las malas experiencias la habían hecho desconfiada... y esa no era manera de vivir.

Por eso había llamado a sus padres. Ellos se habían alegrado tanto de escucharla que se le habían saltado las lágrimas. Sin darse cuenta, en el último año, se había encerrado en sí misma y había apartado de su lado a sus seres amados. Tampoco había sido consciente de lo preocupados que habían estado por ella sus padres y sus amigos.

Pero las cosas serían diferentes a partir de ese momento. Había prometido ir a verlos cuando terminara su trabajo con el barón. También había decidido tomarse unas vacaciones para decidir qué iba a hacer con su vida.

En cuanto a Dare James... Carly se alegraba de no tener que volver a verlo. Su atracción por él había sido una complicación imprevista que no había sabido manejar.

Frunció el ceño. Si su alarma no hubiera sonado, quizá habrían acabado haciendo el amor aquella última noche.

Porque él había tenido razón. Ella lo había deseado. Y le asustaba lo rápido que había sucumbido a su contacto, a su aroma. Las feromonas eran los más peligrosos afrodisiacos.

Meneando la cabeza, se dijo que debía alegrarse por haberse ahorrado la humillación de acostarse con él. ¿Qué le había dicho Dare? «Creo que tienes miedo de lo que te hago sentir».

Carly tragó saliva. Él había tenido razón. ¿Pero qué más daba? Sabía que Dare James no iba a volver. Y era mejor así.

–Oh, para ya, Gregory –le dijo ella al desagradable perrito, que llevaba dos minutos ladrando como un loco–. ¡No estoy de humor!

Cuando el animal no callaba, Carly se volvió para ver qué lo agitaba tanto. Gregory salió corriendo como una bala hacia la casa.

Genial, otra vez se había soltado de su correa, pensó ella. Suspirando, dudó si ignorar al perro y dejarlo escapar, pero su conciencia se lo impidió y, de mala gana, salió tras él.

Corrió con los pies descalzos por el camino empedrado, maldiciendo al animal, cuando el ruido de un motor llamó su atención.

Como un guerrero vengador del futuro, Dare James apareció a toda velocidad, sus ruedas levantando el polvo del camino.

Paró delante de la entrada principal, a centímetros de las escaleras, y se bajó despacio de la moto.

Con la boca seca, Carly vio cómo se quitaba el casco negro y se sacudía el pelo. El corazón se le detuvo un momento, antes de acelerársele al máximo.

Gregory lo vio al mismo tiempo y corrió hacia él, lanzándose contra sus piernas.

–Gregory, viejo amigo –saludó él, mientras le acariciaba la cabeza. Esbozó una lenta sonrisa–. ¿Qué me has traído?

Carly se sonrojó cuando se dio cuenta de que estaba parada detrás de él con un nuevo biquini color esmeralda que acababa de comprarse.

–Siempre pensé que los perros eran tontos –dijo ella, irritada por la desventaja de estar casi desnuda delante de Dare–. Gregory acaba de confirmarlo.

Cuando Dare rio y la miró con un brillo de determinación, ella sintió un escalofrío. Dare se quitó los guantes y los guardó dentro del casco.

–Yo también me alegro de verte, cielo.

–Deja de llamarme así –protestó ella. Cuando le hablaba con ese tono, le daban ganas de lanzarse a sus pies como acababa de hacer el ridículo perrito.

–¿Por qué?

Carly levantó la barbilla, diciéndose que lo mejor era irse.

–¿Cómo has estado, Carly?

–Muy bien –repuso ella, invadida por el tono seductor de él–. ¿A qué has venido, Dare?

–Tengo que ver a Benson.

Ella necesitó unos momentos para digerir su respuesta. Sin querer, al verlo, su mente había fabricado la insólita fantasía de que había ido hasta allí para decirle que la había echado de menos.

Mortificada por la atracción que sentía, Carly por fin se dio media vuelta y comenzó a caminar de nuevo hacia la piscina. Benson y Rachel habían salido a visitar a unos amigos, pero Dare lo averiguaría por sí mismo cuando llamara a la puerta.

Por desgracia, apenas había dado dos pasos cuando pisó algo punzante y soltó un grito de dolor.

—¡Maldición! —exclamó ella. Se levantó el pie para ver con qué se había pinchado, perdió el equilibrio y cayó de nalgas en el suelo. Esforzándose por ignorar al hombre que se acercaba, se examinó el pie y encontró lo que parecía la espina seca de una rosa.

—¿Necesitas un médico?

—No.

Él rio con suavidad y se agachó a su lado.

—Esto empieza a convertirse en un hábito.

—Un mal hábito.

Carly se sentía como una tonta, sentada en el suelo, solo con un biquini, delante de ese hombre vestido de cuero.

—Puedo sola —insistió ella, cuando él intentó examinarle el pie.

—Seguro que sí —repuso él y le agarró el tobillo, envolviéndola con su calidez.

Por supuesto, él percibió cómo Carly se estremecía. Sus miradas se encontraron.

—Quédate quieta —murmuró él y le sacó la espina.

—¡Ay! —protestó ella y apartó el pie. Sabía que se estaba comportando como una niña, pero el dolor le resultaba difícil de controlar.

La suave risa de Dare la hizo estremecer de nuevo. Él volvió a tomarle el pie, se humedeció el pulgar con la lengua y lo apretó contra la planta, donde le acababa de sacar la espina.

—¿Te duele?

Incapaz de hablar, Carly negó con la cabeza y bajó el pie al suelo.

–Ya está. Ahora no sangra –dijo él, sin soltarle el tobillo.

Carly imaginó que debía de estar sonrojada, pues le ardía todo el cuerpo. El pecho le subía y le bajaba por la respiración acelerada.

Deseó que Dare se levantara, la soltara y fingiera que no existía ninguna atracción entre ambos.

–¿Carly?

Cuando él le acarició el tobillo, ella se estremeció.

–Benson no está.

Lo que Carly quería decir era que Dare había hecho el viaje en balde. Sin embargo, sus palabras sonaron como una invitación. Lo deseaba, era cierto. ¿Qué sentido tenía negarlo?

Y, por la mirada ardiente de Dare, era mutuo.

–Dare, yo...

Carly se quedó muda cuando él la sujetó de la cintura y se acercó. A ella le subió la temperatura mientras la envolvía su aroma. Se humedeció los labios de forma involuntaria, lista para...

–Maldición –dijo él y la puso de pie de golpe.

Carly parpadeó, obnubilada, hasta que, por fin, su cerebro registró el sonido de un coche.

–Continuará –susurró él, mientras el Rolls Royce de Benson aparcaba junto a su moto.

–¡Dare!

Qué oportunos, pensó Dare.

–Hola, mamá. Benson.

–No me llamaste para avisarme de que venías –protestó su madre.

–Quería darte una sorpresa.

–Pues me la has dado. Carly, ¿qué tal tu baño en la piscina?

–Bien.

Dare la miró de reojo. Carly tenía los labios apretados y estaba rígida como un poste. Quizá ella no tenía intención de continuar nada... Lo mejor era comprobarlo. Pero sería después de cumplir con lo que le había prometido a su abuelo.

Soltando un suspiro, se volvió hacia Benson.

–Tengo información para ti.

–De acuerdo –asintió el barón con aspecto cansado–. ¿Vamos a la biblioteca?

–Te sigo.

–Benson, tengo que tomarte la tensión primero –lo llamó Carly.

–¿Cuánto tiempo vamos a necesitar? –le preguntó Benson a Dare.

–No mucho, creo.

–Querida, ¿puedes tomármela dentro de un rato?

Carly dedicó a su paciente una mirada de frustración.

–Yo cuidaré de él –aseguró Dare, aunque ella no parecía nada convencida.

Rachel le tocó el brazo a Carly.

–¿Quieres que tomemos té en la salita? Te enseñaré lo que he comprado en el mercadillo.

–De acuerdo, pero... tengo que cambiarme primero –repuso Carly, después de un segundo de titubeo, y desapareció dentro de la casa.

–Bonita moto –le dijo Benson a Dare.

–Alcanza los cien kilómetros por hora en dos segundos coma seis –indicó Dare con una sonrisa.

–Si yo fuera más joven... –dijo Benson, subiendo las escaleras.

Dare lo siguió. Cinco minutos después, estaba llamando a gritos al mayordomo para que buscara a Carly.

Con vaqueros blancos y una sencilla camiseta verde,

Carly se arrodilló junto al sofá con su maletín de médico.

—¿Qué ha pasado?

—No lo sé —respondió Dare con el corazón acelerado—. Estábamos hablando y se desmayó.

Carly lo auscultó.

—¿Estaba agitado? ¿Disgustado?

—No.

Era obvio que su abuelo había estado esperando la noticia de que su nieto Beckett estaba implicado en los problemas de su compañía. Aunque no le había gustado, había digerido bien la nueva, se dijo Dare, pasándose la mano por el pelo con ansiedad.

—Aunque tampoco estaba muy contento.

—Tenemos que llevarlo al hospital. A Londres —indicó Carly.

—Llamaré a un helicóptero.

Capítulo 8

HORAS más tarde, Carly estaba parada delante de la sala de operaciones. Benson llevaba allí tres horas, más las dos horas de camino hasta allí. Iba a ser difícil para un paciente de su edad sobrevivir.

Carly estaba acongojada porque, durante las últimas semanas, el viejo barón se había labrado un sitio en su corazón. Ella había hecho todo lo posible por cuidarlo. En el trayecto hasta allí, Dare la había ayudado, obedeciéndola sin cuestionarla. Incluso había organizado que el mejor cirujano de Londres los estuviera esperando al llegar.

Estaba segura de que, incluso, Dare habría montado a Benson en su moto para llevarlo en persona, si hubiera sido necesario.

Carly sabía que él lo hacía por su madre, aunque también intuía que empezaba a tomarle cariño a su abuelo.

Además, ella se alegraba de tener a Dare a mano, pues la prensa comenzaba a acosar al hospital en busca de una historia sobre lo que le había pasado al propietario de BG Textiles. Aunque nadie podía dar información sobre su pronóstico. Solo podían esperar para ver cómo progresaba.

—No entiendo por qué tardan tanto —se quejó Rachel.

—Saldrá pronto —murmuró Carly, tras mirar el reloj de la pared.

—¿Quién quiere café? —ofreció Dare con tono sombrío.

–No, gracias –dijo Carly. Tenía el estómago revuelto de tanto tomar café de hospital.

–Yo tampoco, cariño –dijo Rachel–. Lo único que quiero es saber cómo está –añadió con un suspiro, mirando por la ventana al edificio opuesto.

Dare la envolvió en un corpulento abrazo.

–Voy a llevar a mi madre a dar un paseo –le dijo él a Carly–. ¿Estarás bien aquí?

Ella asintió.

–Te llamaré si necesito algo.

Dare salió con su madre, agradecido porque Carly se quedara a esperar. Sin embargo, no estaba seguro de si lo hacía porque era su trabajo o por algo más. ¿Lo haría porque a él le gustaba tenerla cerca?

No era probable, caviló Dare. Ella no le debía nada.

Justo cuando regresó con su madre a la sala de espera, les anunciaron que su abuelo había salido de la operación.

Carly esbozó una sonrisa.

–Acabo de hablar con el cirujano. Dice que Benson ha sobrevivido.

–Oh, gracias al cielo –dijo Rachel, llevándose la mano al corazón.

–Ahora está en coma inducido, pero el doctor Lindeman está seguro de que le ha quitado todo el tumor. Si Benson consigue sobrevivir a la noche, todo irá bien.

–¿Coma inducido? ¿Qué es eso? –preguntó Rachel, frunciendo el ceño.

–Lo hacen con los pacientes más graves, que necesitan respiración artificial –explicó Carly–. No te preocupes. Pero le pondrán tubos a varias máquinas, así que no te asustes cuando lo veas.

–Benson es un tipo duro –dijo Dare–. Lo conseguirá.

–Eso espero –solloző Rachel, hundiendo la cabeza en el pecho de su hijo.

Debería dejar a madre e hijo solos en cuanto pudiera ver a Benson, decidió Carly. No tenía ningún motivo personal para seguir quedándose allí. ¿O sí?

–Rachel James –llamó el cirujano desde la puerta–. Ahora puedo llevarla a ver a su padre.

–¿De verdad puedo verlo?

El médico asintió y la condujo por el pasillo.

El silencio pobló la sala de espera, donde Carly y Dare se habían quedado a solas.

–Gracias por todo lo que has hecho hoy –señaló él.

–Me pagan para eso. Aunque me hubiera gustado haberlo examinado antes de que hubiera hablado contigo. Podría haber prevenido su crisis.

–Si alguien tiene la culpa de lo sucedido, soy yo –admitió él, tenso.

–No... yo era la persona responsable de su salud. Era mi trabajo.

Había una profunda tristeza en su tono de voz, tanta que Dare deseó envolverla entre sus brazos. Por desgracia, ella seguía manteniendo una actitud fría y distante.

–Ha sido un día muy largo –comentó Carly y suspiró–. La operación ha sido más larga de lo que esperaba.

–¿Eso es bueno o malo? –preguntó él, frunciendo el ceño.

–Es solo una observación. Lo importante es que el cirujano parecía satisfecho. Eso es buena señal, sin duda –señaló ella con una breve sonrisa.

–Gracias por haberte quedado. Significa mucho para mi madre... Y para mí.

Carly hizo una pausa. Sus ojos estaban llenos de preguntas para las que él, todavía, no tenía las respuestas.

–Yo... le he tomado cariño a Benson en este tiempo. Es... –balbuceó ella y lo miró un instante a los ojos–. No es tan malo como tú crees.

Dare ya no pensaba que su abuelo fuera malo. De hecho, empezaba a encariñarse con el viejo.

–Sigues pensando que soy un maldito bastardo, ¿verdad?

–No, no pienso eso –se apresuró a aclarar ella, levantando la vista sorprendida–. Pienso... pienso...

Dare tuvo deseos de besarla. De abrazarla.

–Carly, yo...

–Está vivo –dijo Rachel con entusiasmo, mientras entraba en la sala de espera–. Pero parece muy débil. ¿Cuándo se despertará? –le preguntó a Carly–. El cirujano no me da ninguna respuesta concreta.

–Sin ver su informe, no puedo contestar. Pero no podía estar mejor atendido de lo que está aquí.

–Lo sé. Gracias por todo lo que has hecho por él durante el camino. Estoy segura de que no habría sobrevivido sin ti.

Carly sonrió, enormemente aliviada porque Benson hubiera superado la crisis.

–Pareces cansada, mamá –comentó Dare–. ¿Por qué no te llevo a casa para que duermas un poco?

–No voy a ninguna parte. Me quedaré aquí.

–Nada de eso. Necesitas dormir. Y Carly dice que no es probable que se despierte durante la noche.

–No me importa. Puedo hablar con él de todos modos. Así, sabrá que estoy aquí, ¿verdad, Carly?

–Hay evidencia que sugiere que los pacientes en coma pueden oír –afirmó Carly con cautela–. Aunque puede que no todos lo recuerden al despertar.

–De todas formas, me quedo.

–Yo me quedaré –insistió Dare, frunciendo el ceño ante la tozudez de su madre–. Carly y tú podéis iros a descansar.

–Dare, no voy a cambiar de idea.

–Bien –repuso él tras un instante con un suspiro de resignación–. Carly, ¿y tú qué vas a hacer?

Cuando los inmensos ojos azules de Dare se clavaron en ella, Carly tragó saliva y parpadeó.

–¿Respecto a qué?

–¿Tienes dónde dormir?

–No te preocupes –repuso ella. Ni siquiera se había parado a pensar dónde podía quedarse.

–¿Sí o no?

–He dicho...

–Eso es que no –comprendió él–. Puedes quedarte en mi casa. Sé que estás cansada y hambrienta, así que no discutas.

Carly parpadeó. ¿Lo decía en serio? De ninguna manera iba a quedarse en su casa. Iría a un hotel.

–No hace falta, gracias.

–Dare tiene una casa enorme, Carly. Estarás más cómoda allí que en un hotel –señaló Rachel.

En cuanto su madre tomó partido por Dare, Carly comprendió que era una batalla perdida. Así que se dejó guiar hasta la limusina que los esperaba en la puerta.

En cuestión de minutos, llegaron al piso que él tenía en la calle Regency. Dare saludó al portero uniformado y llamó al ascensor.

–¿Ático? –preguntó ella, nerviosa ante la perspectiva de quedarse a solas con él.

–Los dos últimos pisos son míos.

–¿Solo para ti? ¿O ahora vas a decirme que tienes dieciséis hijos?

–Tengo dieciséis gallinas en una granja en mi pueblo. ¿Cuenta eso?

–No mucho.

Carly sonrió, entrando delante de él en la casa.

–Oh, cielos –murmuró ella. El recibidor daba a un salón interminable con suelos de madera, paredes color café con leche, ventanas de cuerpo entero con cortinas de seda y estanterías color crema llenas de libros en todas las paredes–. Esto es magnífico.

Dare dejó las llaves y la cartera en un bol de cerámica en una mesita del recibidor.

–Me es útil.

–Sí, ya –repuso ella y, al asomarse a la siguiente habitación, casi temió pisar las alfombras color crema con los zapatos. Aquella casa hacía que la mansión Rothmeyer pareciera una cochera–. Está todo tan ordenado... Ni siquiera hay un mando a distancia en el sofá –observó, siguiéndolo a una completísima cocina.

–Tengo un ama de llaves que se ocupa de todo –explicó él, mientras abría el frigorífico.

–¿Es aquí donde vives más tiempo?

–No. Sobre todo, vivo en Nueva York. A veces en San Francisco. Bridget ha dejado pastel de pollo y ensalada. Sé que es tarde, pero yo me muero de hambre.

–¿Quién es Bridget?

–No es la madre de mis dieciséis hijos –bromeó él, levantando la vista hacia ella–. Es mi ama de llaves. Una señora muy mayor.

–¿Te he preguntado yo su edad?

–No hacía falta. Tu cara es muy expresiva.

Cielos, Carly esperaba que no fuera así. Si no, él adivinaría... sabría...

–Pareces tan agotada como yo –comentó él con suavidad.

Carly parpadeó. De acuerdo. Al parecer, Dare no tenía ni idea de las ganas que ella tenía de lanzarse a sus brazos. Menos mal.

–¿Tan mala pinta tengo?

Él rio.

–Sigues siendo una belleza. Solo tienes aspecto de haber volado en un helicóptero de urgencias desde

Cornwall a Londres hace unas ocho horas. Ah, espera. ¡Es lo que has hecho!

–Igual que tú –repuso ella con una rápida sonrisa.

Aun así, Dare estaba tan guapo e irresistible como siempre.

–¿Quieres darte una ducha?

Carly casi gimió al pensarlo. Le encantaría darse una ducha, pero solo de pensar en desnudarse en casa de Dare le subía la temperatura. Además, no tenía nada limpio que ponerse.

–Estoy bien –dijo ella con estoicismo.

–¿Segura? –preguntó él, colocando los platos sobre la encimera–. Puedo dejarte algo de ropa, si no quieres ponerte lo que llevas ahora.

–¿Ropa tuya?

–Te ofrecería algo de mi madre, pero ella es más baja que tú. Y envié sus maletas a la mansión Rothmeyer la semana pasada.

–Puedo dormir con esta ropa.

–Como quieras –repuso él, encogiéndose de hombros, y volvió a sacar algo del frigorífico–. Pero podría hacer que la tuvieras limpia y lista para mañana por la mañana.

Carly se sintió una estúpida por estar siendo tan poco razonable.

–¿Acaso tienes un servicio de lavandería las veinticuatro horas del día a tu disposición?

–Sí, la verdad es que sí –contestó él con una sonrisa–. Se llama lavadora y está por esa puerta de ahí.

Carly rio ante su inesperado golpe de humor.

Entonces, contuvo el aliento al ver cómo la miraba. Era la misma mirada que le había dedicado antes de besarla en el pasado.

Por suerte, su estómago rugió, rompiendo la tensión.

–Quizá quieras comer primero –observó él.

–No, una ducha... me gustaría ducharme –replicó ella. Al menos, ir al baño le dejaría algo de espacio para aclarar sus ideas.

–Sígueme.

Dare la guio por unas escaleras de caracol hasta una puerta cerrada. Ella estaba tan anonadada admirando la casa que casi se chocó con él.

–Lo siento.

–No –dijo él, aclarándose la garganta–. Ha sido culpa mía –añadió, se apartó y abrió la puerta–. Puedes quedarte en esta habitación. El baño está dentro. Deja tus ropas en la cama y las cambiaré por unas mías.

Carly apretó su bolso entre las manos, tensa.

–Me van a quedar muy grandes.

–Algo encontraré –aseguró Dare, le dedicó un breve saludo con la cabeza y salió, cerrando la puerta tras él.

Haber ido allí había sido una mala idea. Muy mala idea, se dijo Carly con la respiración entrecortada.

Dare se detuvo al otro lado del pasillo y apoyó la cabeza contra la pared. Haberla llevado a su casa había sido una mala idea. Muy mala idea.

Quería pensar que la había invitado como un buen samaritano, no para saltar sobre ella. Pero... diablos... no era de piedra.

Abrió la puerta de su armario, diciéndose que debía concentrarse en lo básico y no permitir que su fantasía fuera más allá.

No iba a ser tan imbécil como para intentar acostarse con una mujer después de que su abuelo hubiese estado a punto de morir. ¿Qué clase de cerdo hacía eso?

Bien. ¿Chándal o pantalones cortos? ¿Qué preferiría ella? ¿Camiseta de manga larga o corta?

Furioso consigo mismo por tanto titubeo, Dare sacó unos pantalones de chándal y una camiseta del armario.

–Cenarás y te irás a la cama. Solo –se dijo a sí mismo ante el espejo–. Con la pinta que tienes ahora mismo, además, es poco probable que nadie quiera acostarse contigo.

Entonces, decidió darse una ducha rápida. Se cambió y fue al cuarto de Carly a dejarle la ropa limpia. Ignoró su aroma floral cuando se llevó a la nariz la ropa que ella había llevado, mientras iba a la cocina a calentar la cena.

Justo cuando estaba todo listo, Carly apareció en la puerta de la cocina.

Como ella había anticipado, la camiseta le quedaba demasiado grande. Se le caía por el cuello, dejando al descubierto un hombro, y le llegaba hasta medio muslo. Se había dado unas vueltas a los pantalones en la cintura pero, aun así, le quedaban demasiado largos y le caían sobre las caderas.

En el pelo, se había hecho un moño descuidado, como para demostrarle que no se había tomado ninguna molestia en impresionarlo. Era muy diferente de las mujeres con las que solía estar, que se esforzaban siempre en cuidar su aspecto.

–¿Tienes hambre? –preguntó Dare con los dedos tensos alrededor de la cuchara de madera. El hambre que él tenía no era precisamente de la comida de la señora Bridget.

–Mucha.

Sin poder evitarlo, él fantaseó con que ella le susurrara al oído lo mucho que ansiaba que la subiera en la encimera y le arrancara los pantalones. Su cuerpo reaccionó con una poderosa erección.

–Siéntate –indicó él y tomó asiento frente a ella–. Bueno, cuéntame, ¿por qué estudiaste Medicina? –preguntó tras un momento.

–Mi abuelo era médico y, de pequeña, a mí me fascinaba todo respecto a su trabajo.

Dare sonrió, imaginándosela de niña, pelirroja y con pecas.

–¿Tenías pecas?

–¿Por qué lo dices?

–Por tu pelo rojo, claro.

–Sí –reconoció ella, bajando la vista–. Mi madre solía decirme que eran parte de mis rasgos nórdicos y que se me quitarían al crecer. Por suerte, acertó.

–¿Quién era vikingo?

–Mi padre. Además, le encanta que lo llamen vikingo –afirmó ella con una sonrisa.

Dare la contempló embobado, observando cómo a ella se le iluminaba el rostro al hablar de su padre.

–¿Y tu madre?

–Ella es maestra y...

Cuando Carly se interrumpió, cerrando los ojos, él la instó a seguir.

–¿Y qué?

–Y nada.

–¿Sabes? Hablar contigo, a veces, es como intentar hablar con una piedra.

Cuando ella esbozó una tímida sonrisa, Dare no pudo controlar su deseo de levantarle la barbilla con los dedos, inclinarse hacia ella y posar un beso en sus labios. Cielos, sabía a gloria. Solo quería sumergirse en su dulzura una vez más.

Despacio, con reticencia, él se apartó. Ella abrió los ojos y lo miró.

–¿Por qué has hecho eso?

–Parecías triste.

Carly se mordió el labio inferior durante unos instantes, ignorante de cómo ese pequeño gesto lo volvía loco de deseo.

–Iba a decir que mi hermana era trabajadora social.

–¿Era?

–Murió hace un año.

Dare le sujetó la mano sobre la mesa.

–Lo siento, Carly. ¿Qué le pasó?

–Una rara variedad de leucemia.

–Tuvo que ser muy duro –comentó él, sufriendo por ella–. ¿Quieres hablar?

–No, gracias. Yo... –balbuceó ella. Se frotó la cara con una mano y se fijó en cómo su otra mano estaba entrelazada con la de él–. Todo fue muy rápido. Un día Liv estaba bien, ayudando a niños necesitados y, al siguiente, ya no estaba –recordó, tragando saliva–. Los médicos lo intentaron pero... no pudieron hacer nada. Y por mucho que yo busqué una manera... –dijo con la mirada perdida.

–Tampoco tú podías salvarla.

–No –repuso ella, levantando la vista–. Y ahora no sé qué hacer. Pensé en dejar la Medicina, pero algo me detiene. Tal vez, todos los años que pasé estudiando.

–¿Por qué ibas a dejarlo? –preguntó él con el ceño fruncido–. ¿Es que crees que le fallaste a tu hermana?

–La fallé –admitió ella en un susurro lleno de dolor–. Cuando me dijo que quería probar con medicina alternativa, yo la desanimé. Le dije que debía confiar en su médico. Si yo no hubiera intervenido...

–¿Qué? ¿Tu hermana estaría viva? –preguntó él con suavidad.

–¡Sí! –exclamó ella–. Tal vez...

–¿Es eso lo que creen los médicos o lo que tú crees?

Carly enterró la cara entre las manos.

–Sé que no es lógico.

–Las emociones no suelen serlo. Pero dudo que tu hermana quisiera que dejaras tu carrera, Carly. No todo el mundo puede salvarse de la muerte.

—Lo sé, lo sé —murmuró ella, bajando las manos—. La echo tanto de menos...

Dare le tomó las manos. Dudaba que ella hubiera compartido con alguien antes cómo la atenazaba el peso de la responsabilidad por la muerte de su hermana.

—Ven aquí.

Cuando ella no se movió, él se levantó y se acercó.

—Dare, yo no...

Ignorando sus protestas, Dare la levantó de la silla. Ella no presentó resistencia.

—Dare...

—Solo quiero abrazarte.

—No necesito que nadie me abrace. Estoy...

—Estás bien —dijo él, terminando la frase, y la envolvió entre sus brazos—. Déjame, anda. Diablos, después de haberte escuchado, necesito un abrazo.

Carly sintió que una oleada de ternura la invadía. Qué deliciosa sensación era estar entre sus brazos, sumergida en su calidez, en su fuerza.

Respirando hondo, notó que, poco a poco, su abrazo la liberaba de la pesada sensación de pérdida que la había acompañado durante tanto tiempo y la sustituía por confort y calor.

Sin embargo, en pocos minutos, lo que había sido consuelo se convirtió en otra cosa muy distinta. Carly se quedó paralizada, intentando combatir el deseo que la invadía.

Dare percibió sus sutiles movimientos y tragó saliva. No debería haberla tocado. Aunque había querido consolarla, no había sido solo eso. La deseaba tanto que tenía que contenerse con todas sus fuerzas. Y, en ese momento, la tenía entre sus brazos, con sus pechos sobre el torso, su respiración caliente como una llama en el cuello.

Conteniendo un gemido, él se dijo que no podía intentar nada con ella, justo cuando estaba más vulnerable, después de los sucesos del día y de los recuerdos del pasado. Sería un cerdo si lo hiciera, pensó.

–¿Carly? Carly, por favor, no hagas eso... No te muevas.

Dare la soltó un poco cuando ella se estremeció de nuevo. Cuando ella no se apartó, la miró a la cara.

No había mucha luz en la habitación, aunque bastaba para ver sus mejillas sonrojadas y sus pupilas dilatadas, la forma en que sus ojos se clavaban en la boca de él. Su cuerpo entendió el mensaje alto y claro y reaccionó al instante.

–Carly.

Ella se estremeció como respuesta a su voz profunda y grave.

Dare la sujetó de las caderas. Quería hacer las cosas despacio. Había soñado con llevársela a la cama desde que la había conocido y...

–¿Dare?

Cuando Carly lo miró a los ojos, fue todo lo que él necesito para actuar. Sus bocas se encontraron con pasión y ansiedad. Estaba hambriento y ella era lo que quería comer.

Sumergiéndose en la boca de él, ella dejó escapar un sonido suave y sensual que lo volvió loco, mientras deslizaba las manos bajo su camisa.

–Si no quieres esto, es mejor que paremos ahora –le susurró él al oído.

Ella se estremeció, apretándose más contra él.

–Sí quiero –aseguró Carly y, agarrándolo de la nuca, volvió a besarlo–. Quiero que me hagas el amor. *Necesito* que me hagas el amor.

Dare entendió a la perfección a qué se refería. Por alguna razón, a él le sucedía lo mismo.

Con el corazón tan acelerado como el de ella, la levantó en sus brazos como si fuera una pluma.

–Pon las piernas alrededor de mi cintura –ordenó él, llevándola al dormitorio. La sangre se le agolpaba en las venas. Su contacto y su olor le invadían el cerebro, instándole a tomarla allí mismo, en el suelo.

Nunca antes había subido las escaleras de caracol con una mujer encaramada, que además le estaba lamiendo el cuello y mordisqueándolo con suavidad.

Por suerte, llegaron a la cama. Dare la tumbó y le quitó los pantalones.

Debía ir despacio, se recordó a sí mismo. Sin embargo, una fiebre desconocida dictaba sus movimientos con la urgente necesidad de que Carly fuera suya.

Él se quitó las ropas y la agarró de los tobillos para separarle las piernas.

–Preservativo –dijo ella, entre jadeos.

–Maldición –repuso él y la miró a los ojos, tratando de retomar las riendas de sí mismo.

Desde la adolescencia, no había sentido tanto ímpetu y tanta urgencia por acostarse con una mujer. Como un tornado, entró en el baño y agarró los preservativos. Como nunca llevaba a ninguna mujer a su santuario, no tenía ninguno junto a la cama.

Se puso uno y, al regresar a la cama, se encontró con Carly incorporada sobre los hombros, con la cascada de pelo pelirrojo bañando las sábanas blancas. Sus ojos tenían un brillo de miedo y parecía estar intentando regular la respiración.

–¿Te estás arrepintiendo? –preguntó él y rezó porque ella dijera que no.

Ella le recorrió el cuerpo con mirada ardiente, deteniéndose en su enorme erección.

–No.

Dare contuvo la respiración.

—¿No?

—Sí, quiero decir que no... no me estoy arrepintiendo.

Dare respiró aliviado y, sin esperar más, se colocó entre sus piernas.

—Quítate la camiseta.

Mientras ella obedecía, él la contemplaba con el corazón a punto de salírsele del pecho. Despacio, se deleitó observando sus senos turgentes, su fina cintura, sus caderas redondeadas.

—Dime que estás lista para mí, Carly.

—Lo estoy. Yo...

Carly estaba tan mojada que se deslizó dentro de ella con facilidad. Aun así, él se detuvo a medio camino, dándole tiempo de expandirse a su alrededor. Tras unos instantes, continuó penetrándola. Ella gimió y arqueó las caderas hacia él.

Dare siguió moviéndose, colocando las manos debajo de los glúteos de ella para rozarle su parte más sensible con cada arremetida. Ella le dio la bienvenida con sus gemidos de placer, frotándose contra él. En pocos minutos, el cuerpo de Carly se quedó rígido un momento, antes de deshacerse en un mar de espasmos. Él fue detrás, rindiéndose al clímax más intenso que recordaba.

Nunca le había gustado tanto hacer el amor con nadie, se dijo Dare. Cuando ella se removió debajo de su cuerpo empapado en sudor, se incorporó un poco.

—¿Estás bien?

—No estoy segura —repuso ella con los brazos laxos encima de la cabeza—. Quizá no vuelva a moverme nunca, pero si eso es normal, entonces, sí, estoy bien.

Dare rio y se quitó de encima de ella. Nada de lo que había pasado era normal, aunque tenía el cerebro demasiado embotado como para analizarlo.

—Lo siento...

—¿Por qué?

—Te he poseído como un animal.

—Somos animales.

—Solo un médico diría eso —repuso él, riendo.

Dare fue al baño a quitarse el preservativo y, cuando volvió, la encontró sentada en la cama. No parecía muy cómoda.

Dejándose llevar por el instinto, se acercó y la besó. Tras un instante de resistencia, ella entrelazó sus lenguas. Al momento, él tuvo otra erección.

—¿Dare?

—Shh —murmuró él—. Deja que te haga el amor como es debido.

—Yo no... oh... —gimió ella cuando empezó a lamerle la punta de un pezón.

—No he tenido tiempo para saludarlos antes.

La suave risa de ella se convirtió en un gemido de placer, mientras él le succionaba un pecho.

—Sabes muy bien, Carly —musitó él. Ansiaba lamer cada milímetro de su cuerpo, descubrir cuáles eran sus puntos sensibles, qué era lo que más la excitaba.

—Dare, no creo que debamos hacerlo de nuevo —protestó ella. Lo agarró del pelo pero, en vez de apartarle la cabeza, la apretó contra sus pechos, emitiendo suaves sonidos de placer.

Era la mujer más excitante que había conocido, se dijo él, entusiasmado ante la perspectiva de darle placer, de explorarla al completo.

—Abre las piernas.

Él bajó hasta colocarse entre sus muslos y apoyó la barbilla en sus rizos dorados.

—¿Sabes que ese ex tuyo fue un imbécil por dejarte marchar?

Ella echó la cabeza hacia atrás cuando la acarició con la lengua.

—Él nunca... Yo no...

—¿Nunca te hizo el amor con su boca? ¿Nunca saboreó tu dulce esencia femenina? —preguntó él, jugueteando con la lengua entre sus piernas.

—Oh, cielos, nunca creí que hablar en la cama fuera tan excitante —susurró ella, agarrándole la cabeza—. Por favor, no pares.

Dare rio y dejó que su aliento bañara la húmeda feminidad de su amante.

—¿No quieres que pare de hablar? ¿O de hacerte esto? —preguntó él, lamiéndola de nuevo.

—Eso —repuso ella, retorciéndose de placer—. No pares de hacer nada. Me gusta mucho.

—Eres dulce y sensual, Carly. Igual que tu aroma.

—Oh, cielos, voy a llegar al orgasmo —dijo ella e intentó apartarse, pero él la sostuvo con firmeza hasta que llegó al clímax en su boca—. Dare, Dare... Te necesito. Por favor, tómame.

Dare se colocó la protección y la penetró despacio, saboreando la exquisita calidez de su cuerpo. Cuando ella empezó a estremecerse, al borde del éxtasis de nuevo, él se dejó caer con ella.

Más tarde, Dare se despertó con Carly dormida a su lado. Le apartó con cuidado un mechón de pelo de la cara, la rodeó con sus brazos y volvió a dormirse con una sonrisa de satisfacción.

Capítulo 9

CARLY se despertó con el sonido del teléfono. Gimió con suavidad y se sonrojó de golpe al recordar la noche anterior.

Al oír la voz de Dare, se tapó con las sábanas. Segundos después, él salió del baño, envuelto con una toalla por la cintura.

Oh, cielos, parecía un semidiós, bronceado y de cuerpo perfecto, pensó ella.

—Benson se ha despertado —dijo él y dejó el móvil sobre la mesa.

De acuerdo. Así que iban a actuar como si todo fuera normal, se dijo ella. Bien.

—¿Qué dice el médico?

—He hablado con mi madre y suena muy optimista —señaló él—. Tus ropas están secas. Pensaba ir a verlo. ¿Quieres venir?

—Claro —repuso ella. Benson seguía siendo su paciente, en cierta forma.

Hicieron el camino al hospital en silencio. Carly estaba perpleja por lo que había pasado la noche anterior. Le sorprendía haberle hablado a Dare de Liv y de sus sentimientos de culpa. Y él tenía razón. Liv no querría que dejara su profesión. Tampoco querría que se quedara sola y aislada, como había hecho en el último año. Hasta que Dare la había consolado entre sus brazos...

Carly tragó saliva, recordando cómo habían hecho el

amor. Nunca antes había experimentado una sensación tan maravillosa.

Solo de pensarlo, se le aceleró el corazón como a una quinceañera enamorada. ¿Enamorada?

Carly tragó saliva de nuevo, contuvo la respiración.

¿Estaba enamorada de Dare? No era posible, se dijo. No era tan tonta. Sería una estupidez enamorarse de un hombre que podía hacer todavía más daño que Daniel.

—Estás suspirando mucho —comentó él, que había estado revisando sus correos electrónicos en el móvil—. ¿Estás bien?

—Sí —repuso ella, aunque no sonó muy segura.

—¿De verdad? —insistió él y le dio la mano.

—Claro que sí —repitió Carly con el corazón dándole saltos en el pecho. Sobre todo, necesitaba ocultarle a Dare sus verdaderos sentimientos. Él no estaba interesado en tener una relación a largo plazo. Ni ella—. Estaba pensando que sería mejor que nadie supiera lo que pasó anoche.

—¿Por qué? —preguntó él, frunciendo el ceño.

—Bueno, porque no quiero perder mi trabajo en la agencia por acostarme con el hijo de un paciente. Si no te importa, además, me preocupa que Rachel y Benson crean que lo nuestro es más serio de lo que es.

—Bueno, tranquila, no hace falta que te pongas así. Solo preguntaba.

—Qué arrogante eres —le espetó ella, sintiéndose como una tonta. De nuevo, estaba haciendo una montaña de un grano de arena.

—La próxima vez, te haré un café por la mañana para que estés de mejor humor.

¿La próxima vez?, se preguntó Carly, dándole un brinco el corazón. Suspiró.

—Lo siento —se disculpó ella a regañadientes—. Estoy preocupada por Benson.

–No pasa nada.

Con aire distraído, Dare le acarició la mano. Por la mañana, se había levantado a toda prisa con la llamada de su madre y no había tenido tiempo de pensar en cómo iba a actuar con Carly. Le irritaba un poco que ella se le hubiera adelantado. Además, tenía razón.

Si su madre se enteraba de que se habían acostado, empezaría a hacer planes para la boda enseguida.

Rachel quería tener nietos y ansiaba que su hijo sentara la cabeza. Sin duda, ya había empezado a hacerse sus cábalas respecto a Carly. ¿Y por qué no? Era una mujer educada, dulce, hermosa, sexy.

Cielos, era muy sexy.

Si su madre supiera lo bien que se entendían en la cama, sin duda, le instaría a comprarle corriendo el anillo de compromiso, caviló Dare con una sonrisa. ¿Qué anillo le sentaría mejor? Uno con un gran diamante, sí, pensó.

Frunciendo el ceño ante el rumbo de sus pensamientos, miró a Carly, le besó la mano y sonrió. Durante unos segundos, casi había perdido la cabeza.

Benson estaba despierto cuando entraron en la habitación, aunque todavía estaba muy sedado. Dare observó cómo Carly leía el informe médico. Su madre también la miraba con ansiedad, esperando su veredicto y rezando porque los médicos del hospital no le hubieran dado falsas esperanzas.

–Esto tiene buen aspecto –afirmó Carly con una sonrisa–. No conoceremos los resultados de la biopsia hasta dentro de un par de días, pero está recuperándose bien de la operación.

–Qué alivio –dijo Rachel, apretándole la mano a su padre.

De pronto, la puerta se abrió y Beckett irrumpió en la habitación. Tras un instante de desconcierto, el recién llegado clavó la mirada en Dare.

Dare había investigado sobre su primo y había llegado a la conclusión de que era tan vago y estúpido como bien parecido.

—He venido en cuanto me he enterado —murmuró Beckett y se volvió hacia Rachel—. Tú debes de ser mi tía Rachel —dijo, le tomó la mano y se la besó con gesto caballeroso—. Y tú, mi primo Dare.

Dare se cruzó de brazos.

—Beckett.

El aludido esbozó una pequeña sonrisa como respuesta y miró a Carly.

—Carly, me alegro de verte —saludó Beckett con un suspiro.

—¿Cómo estás?

—Mejor al saber que mi abuelo ha sobrevivido a la operación —contestó él y sonrió, dándole un apretón en el hombro a Carly—. Y al verte de nuevo. Pero estoy un poco enfadado contigo porque no me tuvieras al corriente de su estado de salud.

—No estaba en posición de hablar de ello —contestó Carly y se zafó de su mano, separándose un poco para poner el informe médico en su sitio.

Menos mal, pensó Dare, porque había estado a punto de arrancarle el brazo a su primo si no dejaba de tocarle el hombro.

—¿Qué tal está?

Beckett escuchó cómo Carly le ponía al corriente del estado de Benson. Y debió de percibir la fría animadversión de Dare, porque, por suerte, no prolongó su visita.

Lo único que Dare quería era llevarse de allí a Carly y volver a llenarla de besos, volver a sumergirse en su calor, su delicioso olor. Pero, antes, se acercó a su madre, le dio un beso y le preguntó qué tal estaba.

Mientras veía conversar a madre e hijo, Carly comprendió que, en algún momento, había pasado lo que más había temido. Entre las discusiones, el deseo y las tiernas caricias, se había enamorado del arrogante y engreído Dare James.

Era una sensación tan distinta a lo que había sentido con Daniel. Sin embargo, por alguna razón, también tenían cosas en común. Los dos la habían hecho sentirse terriblemente vulnerable, en posición de dejar que cualquiera la lastimara.

Presa del pánico, se dirigió como un autómata hacia la puerta.

—¿Carly?

—Voy a dar una vuelta —dijo ella, forzándose a sonreír y fingir que no pasaba nada—. Para que podáis estar un tiempo a solas —añadió y cerró la puerta tras ella.

—¡Carly!

Dare la alcanzó junto a los ascensores.

—¿Adónde vas?

—Necesito encontrar un hotel para pasar la noche y...

—¿De qué estás hablando? Te quedas conmigo.

—Dare, yo...

—A menos que me digas que lo de anoche fue solo una aventura.

—No, yo...

—O que me aproveché de que estabas vulnerable.

—Yo nunca diría eso —aclaró ella.

—Bien —repuso él, satisfecho—. Entonces, está decidido.

—Puede que tú lo hayas decidido, pero yo, no. Estoy cansada de que te salgas siempre con la tuya...

—¿Carly? —susurró él con suavidad—. Por favor, quédate conmigo.

Sorprendida por su tierna súplica, Carly se quedó sin palabras unos segundos.

–¿Por qué?

–Porque hay algo entre nosotros –respondió él, haciéndola estremecer cuando le acarició los costados–. Sé que tú también lo sientes. Maldición, después de lo de anoche... No puedo dejarte marchar.

–¿Algo?

–No tengo idea de cómo etiquetarlo –admitió él y exhaló–. Solo puedo decirte que nunca he deseado a una mujer tanto como a ti –aseguró, apoyando su frente en la de ella–. Pasa el día conmigo.

Al mirarlo a los ojos, Carly se sintió invadida por una oleada de amor. De nuevo. Además, sintió algo más. ¿Esperanza? ¿Era posible que él sintiera lo mismo, pero no lo supiera todavía?

–¿No tienes que trabajar?

–Tengo reuniones programadas hasta Navidad, pero no me importa –contestó él con una sonrisa.

Entonces, Dare la besó y ella gimió en su boca, poniéndose de puntillas. La puerta del ascensor se abrió, pero la ignoraron.

Carly soltó una risa nerviosa.

–Te deseo, Carly –le susurró él, tomando el rostro de ella entre las manos–. ¿Te quedarás conmigo?

Ella se sintió como si estuviera al borde de un acantilado, a punto de saltar. Lo miró a los ojos y le dio la única respuesta que pudo.

–Sí.

Capítulo 10

PASEARON por el Támesis, comieron en un pequeño café francés y, sin hacerse esperar, regresaron a casa de él para hacer el amor.

Dare no conseguía saciarse de ella. Si se tomara un tiempo para pensarlo, probablemente, eso le preocuparía. Sin embargo, el mundo desaparecía a su alrededor cuando la tenía a su lado.

En la cocina, hablaron de la infancia de Dare. Dónde había ido al colegio, cuál había sido su primer coche... No eran cosas importantes, aunque nunca las había compartido con nadie.

—En realidad, de niño, no tenía casi de nada —recordó él—. Además, siempre me metía en peleas.

—Seguro que eras muy travieso.

—Muchas veces, los niños se metían conmigo porque no era como ellos. Mis ropas eran viejas y no tenía juguetes caros.

—¿Y qué decía tu padre de eso? ¿Te defendía?

—Mi padre no pasaba mucho tiempo conmigo.

—¿Por qué no?

—Era un soñador.

—¿Cómo?

Decir que su padre había sido un soñador era un eufemismo, se dijo Dare con amargura. En parte, quiso contárselo todo a Carly. Pensó en decirle lo mucho que había admirado a su padre, todas las veces que lo había defendido cuando sus amigos se habían metido con él. Y, cómo, tras su muerte, había descubierto que solo había sido un mentiroso. Sin embargo, un nudo en la garganta le impidió hablar.

¿Qué sentido tenía desenterrar el pasado? Sobre todo, cuando estaba con una mujer tan hermosa como esa.

–No merece la pena hablar de él –dijo Dare y sirvió el café.

–¿Sigue vivo?

–No. Murió cuando yo tenía quince años. Toma. Ya verás que es el mejor café que has probado en tu vida.

Aunque sabía que él estaba cambiado de tema a propósito, Carly no preguntó más. Sonrió y le dio un trago.

–Mmm –murmuró ella, saboreando el café–. Tienes razón. Está bueno. Pero he probado algo mejor... –añadió y se relamió.

–Ya lo has hecho otra vez –dijo él, clavando los ojos en sus labios.

–¿Qué?

–Has hecho que algo se ponga muy duro –susurró él con tono sensual, se acercó a ella, la sujetó de la cintura y la sentó en la encimera–. Como eres médico, igual quieres examinarlo.

–Veamos... –dijo ella, acariciándole la erección–. Vaya, mi opinión profesional es que tienes que hacer algo para solucionar esto –bromeó y se llevó un dedo a los labios–. Pero no sé qué.

Dare le levantó la falda.

–A mí se me ocurre una idea.

La suave luz del amanecer despertó a Carly en la cama de Dare. Él seguía dormido a su lado. Con cuidado de no despertarlo, se incorporó sobre un codo y lo observó.

Era un hombre imponente. La barba incipiente le

daba un aspecto todavía más viril. Espesas pestañas le rozaban las mejillas.

La noche anterior habían hecho el amor como dos posesos, incapaces de saciarse. Ella nunca había sentido una atracción tan fuerte, ni un placer tan intenso con ningún hombre. Hipnotizada, se dijo que era un ser irresistible. Poderoso, seguro de sí mismo y, sí, dominante. Pero, incluso, eso formaba parte de su atractivo. Cielos, lo amaba y no podía evitarlo.

—¿Qué estás mirando?

—A ti —repuso ella con una sonrisa.

—Menos mirar y más tocar —aconsejó él, adormilado.

—Eres insaciables —dijo ella, riendo.

—Umm. Contigo, sí.

—Deberíamos ir a ver a Benson —señaló ella, acariciándole el pecho.

—Ya he llamado al hospital.

—¿Ah, sí?

—Sí. Me levanté antes y llamé. Dicen que lo trasladaran a la unidad de cuidados intensivos esta tarde.

—Ah, qué buena noticia —comentó ella. Ha sido un detalle que llamaras. Creo que empiezas a encariñarte con él.

Dare gruñó.

—¿Me estás acusando de ser un blando?

—¡Nunca!

De pronto, él la tumbó sobre la cama y se colocó encima, inmovilizándola.

—Suéltame —pidió ella, sin aliento.

—Convénceme —repuso él, devorándole los pechos con la mirada.

Un rugido del estómago de Carly rompió la tensión del momento.

—De acuerdo. Me rindo —dijo él y arqueó las cejas como si le hubiera asustado el ruido.

–No he comido desde hace horas –se defendió ella, riendo.

–Pues vamos a la cocina. ¿Te apetece una tortilla?

–Me encantaría.

Carly observó embobada cómo él se ponía los vaqueros. En medio de su delirio de felicidad, se preguntó si no estaría metiéndose en la boca del lobo. Todo estaba yendo demasiado rápido...

–¿Por qué no te das una ducha mientras yo cocino? –propuso él.

Ella tragó saliva. Dare no podía ser un error, se dijo. ¿Cómo podía serlo cuando estaba tan feliz a su lado?

–Me parece un buen plan.

Dare sacó huevos y queso del frigorífico, mientras canturreaba y sonreía como un niño. Nunca se había sentido tan feliz con una mujer antes.

Miró por la ventana. No estaba lloviendo. Tal vez, podía convencer a su pelirroja de que lo acompañara a dar un paseo en moto.

Batiendo los huevos, se dijo que el ex de Carly le había hecho un gran favor. Debía de haber sido un imbécil. Era la única explicación, porque ella era maravillosa. Era todo lo que un hombre podía desear en una mujer.

De pronto, dejó de batir. ¿En qué estaba pensando? ¿Quería quedarse con Carly para siempre?

¿Era eso lo que quería?, se preguntó con el corazón en la garganta.

Sí.

Perplejo consigo mismo, tuvo que admitir la verdad. En algún momento, se había enamorado de la preciosa doctora Evans. Y lo más raro era que no le preocupaba. Nunca había conocido a una mujer tan abierta, tan honesta, tan genuina y generosa.

Si alguien le hubiera dicho hacía una semana que iba a enamorarse, se hubiera reído. En el fondo, él nunca había creído en el amor.

El sonido del interfono lo sobresaltó.

–Dime, George.

–Señor, Beckett Granger ha venido a verlo.

Dare estuvo a punto de decirle al portero que lo mandara al diablo. Pero luego lo pensó mejor. Era más razonable hablar con Beckett allí que en el hospital.

–Dile que suba, George.

¿Y qué pensaría Carly?, se dijo, volviendo a sumirse en sus pensamientos. ¿Se estaría enamorando igual que él? La forma en que le sonreía, la manera en que pronunciaba su nombre en la cama, cómo lo miraba al despertar... ¿Era posible que ella también...?

–¿A qué diablos estás jugando?

Distraído con sus elucubraciones, Dare ni siquiera había sido consciente de que había abierto la puerta de casa, hasta que vio a Beckett delante de él, muy furioso.

–¿Qué quieres, Beckett?

Beckett, vestido con un traje a rayas, miró a su alrededor.

–Una choza muy bonita. Me alegro de que puedas permitírtela.

Dare lo miró fijamente.

–Te lo repito. Qué quieres.

Beckett se tomó su tiempo en responder.

–Esta mañana, me metí en mi ordenador y descubrí que me han vedado el acceso a ciertas áreas de información dentro de la compañía.

–Espero que no molestes a Benson con eso –advirtió Dare, pues el barón estaba demasiado débil todavía.

–No he podido porque su perro vigía me ha dicho que estaba dormido. Pero pensé que tú estarías al corriente. Y he acertado, ¿no?

–Podemos hablar de eso más tarde. En mi despacho. Si llamas a mi secretaria, te dará una cita –señaló Dare. Y si volvía a llamar perro vigía a su madre, le daría una paliza, pensó.

–No quiero pedir cita. Quiero una explicación. Ahora.

Primero, Dare quería hablar con Benson para saber cómo quería que actuaran. Por el momento, solo había seguido las instrucciones de su abuelo de hacer que el segundo de a bordo en la empresa tomara el puesto de director.

–Ahora, puedes...

–Vaya, doctora Evans –dijo Beckett, posando los ojos en la puerta–. Qué... inesperado.

–¿Beckett? ¿Qué estás haciendo aquí?

Carly, que solo llevaba puesta una camiseta de Dare, se cruzó de brazos y miró a ambos hombres, pensando que lo mejor era desaparecer.

–Parece que tenemos el mismo gusto en lo relativo a las mujeres –murmuró Beckett.

–¿Perdona?

–Supongo que al abuelo le dará igual con cuál de sus dos nietos acabe la doctora.

Carly se sonrojó.

–Beckett, nunca ha habido nada entre tú y yo –puntualizó ella.

–Oh, me has roto el corazón –se burló Beckett.

–Solo porque estés furioso por lo sucedido en BG Textiles no tienes que convertir esto en algo personal –le espetó Dare–. Además, creo que tenemos cosas más importantes que hablar. Como tu tráfico con información confidencial.

Carly arqueó las cejas, sorprendida.

–No te atrevas a mancillar mi nombre para quedarte tú con toda la herencia –replicó Beckett, rojo de rabia.

–Como has podido comprobar, no necesito la herencia de Benson. Ni necesito mancillar tu nombre. Todo eso lo estás haciendo tú solito.

—A veces me gustaría haber nacido hace dos siglos —le retó Beckett—. Me lidiaría en duelo contigo por eso.

—Menos faroles. Perderías.

—Eres un maldito...

—Te sugiero que te vayas sin decir ni una palabra más, primo.

—¿O qué? ¿Me vas a pegar, tal vez? Vamos, atrévete. Dare bostezó.

—Si no lo hace él, lo haré yo —dijo Carly, poniéndose en jarras—. No tienes por qué comportarte así, Beckett.

—Es normal que un hombre se sienta arrastrado por los celos, preciosa —le repuso Beckett—. Yo te vi primero.

Carly adivinó que Dare estaba a punto de pegarle y se interpuso entre ambos.

—Espera. No te muevas y no hables —dijo ella y salió corriendo del salón. Agarró la cajita con el collar y volvió—. Esto es tuyo —le dijo y le devolvió la joya.

—Es un regalo que te hice.

—No lo quiero.

—Ahora has pescado un pez más grande.

—Fuera —ordenó Dare, furioso. ¡Había sido Beckett quien le había regalado el collar a Carly! Loco de rabia y de celos, luchó por mantener el control. Si su primo no salía por la puerta de inmediato, lo haría por la ventana.

—Adiós, preciosa Carly. Parece que tengo que irme.

Entonces, Beckett se dirigió a la puerta, miró a Carly primero y, luego, le lanzó a Dare una mirada de desprecio.

—Bienvenido al club —se burló su primo y se marchó dando un portazo.

Respirando hondo, Dare miró a Carly, que parecía sobrecogida por lo sucedido. ¿Era demasiado temprano para tomarse un whisky?, se preguntó él.

–Nunca me gustó –murmuró ella, abrazándose a sí misma.

Dare guardó silencio. ¿Por que le decía eso? ¿Acaso se sentía culpable por algo? ¿Se habría acostado con su primo poco antes de estar con él?

¿Carly era una buscona, como Beckett había sugerido? No quería creerlo, pero tampoco podía ignorar una creciente sensación de náusea.

–Te gustaba lo suficiente como para aceptar su collar –comentó él.

–¿Cómo? –dijo ella y parpadeó, frunciendo el ceño–. ¿Te importa repetir eso?

–Necesito tiempo para pensar.

–¿Sobre qué?

Dare apretó los dientes. ¿Había estado ella en la cama con su primo? Carly había dicho que no, pero...

–¿Por qué me miras así? ¿No pensarás que había algo entre Beckett y yo?

Dare se frotó la cabeza, intentó poner en orden sus pensamientos.

–No sé qué pensar.

–No puedes dar crédito a los odiosos comentarios de Beckett –dijo Carly, perpleja–. Dare, él solo quería hacerte daño.

–Lo que no puedo entender es por qué un hombre que está en bancarrota, tanto como para vender la empresa de su abuelo, le compra a una mujer un collar que vale una fortuna.

Carly se quedó fría.

–Quieres decir que no entiendes por qué le regalaría a esa mujer un collar si no se está acostando con ella.

–Eso es.

Carly apenas pudo respirar.

–Ya te lo expliqué una vez. Me invitó a salir. Le dije que no. El collar fue... no sé... supongo que un intento de convencerme.

Dare no la miró a los ojos. Entonces, Carly supo que no la amaba. ¿Cómo iba a amar a alguien en quien no confiaba?

Cuando ella se dirigió al dormitorio, él la agarró del brazo y la hizo girarse.

—¿Adónde vas?

—Me voy.

—Estamos hablando.

—No. Tú estás interrogándome.

—Solo te he hecho una pregunta —señaló él, tratando de mantener la calma—. Y no me quieres responder.

—Ya te he respondido —contestó ella—. Dime que me crees.

Dare no abrió la boca.

¿Cómo había podido enamorarse de aquel hombre que era justo como su ex?, se dijo Carly, conteniendo un sollozo.

—¿Adónde vas?

—Ya te lo he dicho. Me voy.

—Solo quiero saber la verdad, Carly —dijo él, pasándose la mano por el pelo—. ¿Es pedir demasiado?

—¿Cuántas veces?

—¿Cuántas veces qué?

—¿Cuántas veces quieres que te diga la verdad para que la creas?

—Mira —dijo él y maldijo entre dientes—. Igual me he equivocado.

Carly meneó cabeza. No volvería a dejar que un hombre jugara con sus sentimientos.

—Yo sí que me he equivocado.

Carly se fue al dormitorio. Él salió al balcón y trató de poner en orden sus pensamientos, aunque cada vez estaba más confundido.

Cuando oyó un portazo en la puerta principal, se repitió a sí mismo que no había hecho nada mal.

Capítulo 11

DARE se subió en la moto y se lanzó a la carretera. Enseguida, la sensación de náusea fue reemplazada por otra de vacío.

Ella lo había dejado. ¿Y por qué? Porque era una mujer con un temperamento insoportable. ¿Qué esperaba que le hubiera dicho después de que le hubiera devuelto el collar a Becket? ¿Y después de la forma en que su primo se había reído de él?

¿Qué había de malo en querer saber la verdad?

Sin embargo, no podía quitarse de encima el sentimiento de pérdida, de fracaso. Desde el momento en que había conocido a Carly Evans, esa mujer lo había vuelto loco. Pero no podía continuar así. Si ella no lo quería, él tampoco. Aunque...

Meneando la cabeza, Dare se dijo que necesitaba ir a casa. Su hogar estaba en las montañas Rocosas. En sus bosques era donde se había refugiado en su infancia cada vez que su padre los había abandonado. Había pasado noches enteras durmiendo en una pequeña tienda de campaña, deseando poder luchar con un oso para descargar toda la rabia que había sentido.

¿Por qué no podía creer a Carly? No sería la primera vez que alguien lo engañaba, empezando por su padre. La verdad era que solo podía confiar en sí mismo. En nadie más.

Horas después, se encaminó hacia el hospital. Luego, iría a su oficina. Su secretaría se estaría volviendo loca tratando de organizar su agenda, después de todo el tiempo libre que se había tomado para estar con Carly.

Al llegar, marcó el número de Carly. Cuando ella no respondió, le dejó un mensaje con tono arrogante e instrucciones de llamarlo. Acto seguido, entró en el edificio y se preguntó si ella lo estaría esperando en la habitación de Benson para disculparse por haber sido tan poco razonable.

Respiró hondo y abrió la puerta.

—Dare —saludó Benson con ojos empañados de emoción—. Me alegro mucho de verte.

—Y yo a ti. ¿Cómo estás?

—Todo lo bien que puedo.

—¿Y qué dicen los médicos?

—No saben mucho todavía —repuso su abuelo—. Están esperando los resultados de la biopsia.

La conversación cambió a lo molesto que era dormir en un hospital, con enfermeras entrando cada quince minutos para tomarle la tensión o la temperatura, de lo mala que estaba la comida... hasta que Dare no pudo contenerse más.

—¿Has visto a Carly? ¿Está con mi madre?

Benson parpadeó ante su impetuosa pregunta, fuera del hilo de la conversación.

—Lo siento. Es que... tengo que hablar con ella.

—Tu madre se ha ido de compras y Carly vino a verme hace unas horas, pero ya no está.

—Ya lo veo. ¿Pero adónde ha ido? ¿Y cuándo vuelve? Tiene el móvil apagado —dijo Dare, hecho un manojo de nervios.

—No va a volver.

—Pero le queda una semana de trabajo, según su contrato —observó Dare, frunciendo el ceño.

—Su contrato terminaba cuando me operaran.

—Pero necesitarás que te supervisen después o algo.

–Sí, aunque Carly es una médico muy cualificada, no puedo abusar de sus servicios durante más tiempo.

–¿Eso es todo? No vas a volver a verla.

–Espero que no. Es una jovencita encantadora. Le he tomado cariño y...

–¿Cuánto cariño? –preguntó Dare, frunciendo el ceño de nuevo.

–¿Qué quieres decir?

Dare meneó la cabeza. Ya no le importaba si su abuelo había trazado algún plan maquiavélico para juntarlo con Carly.

–Da igual. Ibas a decir algo.

–Solo que creo que Carly tiene un empleo nuevo. Por cierto, hablando de trabajo, quería pedirte consejo sobre cómo manejar lo de Beckett.

–Mi equipo de relaciones públicas está trabajando con el tuyo –contestó Dare con aire distraído–. ¿Sabes que Beckett le regaló un collar?

–¿Qué? ¿Otro?

–¿Cuántos le ha regalado? –preguntó Dare, perplejo.

–Le dio uno con un gran rubí.

–De ese hablo.

–Este chico no conoce el valor del dinero –murmuró Benson, meneando la cabeza–. ¿Qué clase de idiota le regala a una mujer una joya así para convencerla de que salga con él?

Dare tragó saliva.

–¿Así que nunca salió con él?

–Claro que no –dijo Benson, riendo.

Claro que no, se repitió Dare. Se había equivocado. Había metido la pata hasta el fondo.

–Dare, ¿estás bien?

Él no pudo responder. Su propia estupidez le bloqueaba la garganta. Había sido un imbécil por no confiar en Carly. Lo que ella no sabía era que no confiaba en nadie.

–Dare, te has puesto muy pálido.

Él se quedó mirando a su abuelo, sin verlo. Lo único que le importaba en ese momento era qué iba a hacer para recuperar a la única mujer a la que había amado.

–Estoy enamorado de Carly.

–Eso es fantástico –dijo su abuelo, feliz.

–No, no lo es. La he fastidiado.

–¿Qué has hecho?

–Le acusé de haberse acostado con Beckett.

Tras unos instantes de silencio, Benson se aclaró la garganta.

–Supongo que no le habrá sentado bien.

–No.

–¿Y qué vas a hacer?

–No lo sé.

–¿Quieres consejo?

–Por favor.

–Dile lo que sientes. Todos cometemos errores, Dare. Nadie es perfecto.

–Haces que suene muy sencillo –comentó Dare, mirándolo fijamente.

–No lo es. Pero es mucho más difícil vivir sin amor. Confía en mí. Yo lo intenté.

Dare le dio un apretón cariñoso en el hombro.

–Me alegro de que te comunicaras con mi madre.

–Es lo mejor que he hecho. Ahora ve a buscar a tu chica.

Sin saber cómo empezar, Dare hizo lo primero que se le ocurrió. La llamó y le dejó un mensaje en el contestador, confesándole que la amaba y que lamentaba lo que había hecho, pidiéndole que lo perdonara. Luego, volvió a llamar y le pidió que se casara con él.

Tres días después, seguía sin noticias de Carly. Se

estaba volviendo loco. Nadie sabía dónde estaba. Había dejado su empleo en la agencia de trabajo.

Dare incluso había llamado a sus padres en Liverpool. La madre de Carly le había asegurado muy educadamente que ella no estaba allí. Luego, su padre le había pedido muy amablemente que no llamara más.

Dare se quedó parado ante la ventana de su despacho.

El padre de Carly, sin duda, solo quería proteger a su preciosa hija. ¿Pero por qué iba a querer protegerla, si no la había visto?, se preguntó.

Sin titubear, agarró el casco de la moto.

Carly vio que su móvil tenía otro mensaje de voz de Dare. Sin escucharlo, lo borró como había hecho con los anteriores.

—Estoy preparando té. Enseguida estoy contigo, cariño.

Había sido una bendición reencontrarse con sus padres después de tanto tiempo. Al fin, les había abierto su corazón y les había contado lo responsable que se sentía por la muerte de Liv. Al compartirlo con ellos, el peso de la culpa se había aliviado de golpe.

Su madre y ella habían llorado juntas viendo el álbum familiar, hablando de Liv, recordándola.

En cuanto a Daniel, Carly había admitido que solo le había hecho daño en su orgullo, pero que nunca lo había amado de verdad. Cuando se lo encontrara por la calle, no tenía motivos para bajar la cabeza, ni para avergonzarse. Más bien, le diría lo que pensaba.

La única persona de la que no había hablado con sus padres era Dare. Era un error demasiado grande, demasiado reciente. No podía creerse que se hubiera enamorado de él completamente y tan rápido.

No había pasado ni un solo día en que no se levantara y no se acostara pensando en él.

—¿Qué estás pensando, cariño? —le preguntó su madre al entrar en el salón con dos tazas de té—. ¿Por qué tienes esa cara?

—Nada —mintió ella.

—¿Es por el hombre ese que ha llamado?

—No.

Carly les había pedido a sus padres que le dijeran que no estaba. Cuando ellos habían querido saber la razón, solo les había contado que era el nieto de Benson. Les había dicho que no la había tratado bien y que la había acusado de ser una buscona.

—Ah. Tiene una voz muy bonita, la verdad. Combina con su aspecto. ¿Quién dijiste que era?

—Un obstinado y arrogante... —comenzó a decir Carly—. ¿Qué has dicho de su aspecto? ¿Es que lo has visto en alguna foto?

—No exactamente.

—¿En Internet?

—Ha estado aquí.

—¿En Liverpool? —preguntó Carly con el corazón en la boca.

—Dijo que estaba en el barrio.

—Liverpool no es su barrio, mamá.

—Lo siento, cariño. No le dije que estabas aquí, si es lo que te preocupa.

Carly se relajó un poco.

—Si te está acosando o te ha lastimado...

—No es un acosador —aseguró ella.

—Entonces, ¿por qué ha venido?

—Seguro que no me interesa saberlo.

—Carly, cariño, ¿qué pasó con el señor James?

—Es un idiota —dijo ella, tras unos momentos. Y rompió a llorar.

–Oh, tesoro, no me gusta verte llorar.

–Lo sé... lo siento. Lo que pasa es que... Siempre meto la pata con los hombres.

Carly se sonó la nariz. Luego, le contó a su madre lo que había sucedido.

–No es un hombre interesado en relaciones a largo plazo y, peor aún, es igual que Daniel.

–¡Te engañó!

–No... –negó ella y tragó saliva. Quiero decir que no me quería tampoco.

–Oh, Carly.

En ese momento, alguien llamó a la puerta.

Carly miró a su madre.

–¿Esperas a alguien?

–No.

Su madre se dirigió a la puerta principal, antes de que ella pudiera decirle que ignorara a quien llamara. Entonces, oyó la voz de Dare desde la cocina y se secó los ojos.

Cuando él entró, Carly se quedó sin aliento. Estaba vestido de cuero negro. Sin duda, había ido hasta allí en moto desde Liverpool. Y parecía llevar días sin afeitarse y sin dormir.

Carly sintió el hondo deseo de lanzarse a sus brazos como un perrito en celo. Pero se contuvo. Sobre todo, cuando debía de tener peor aspecto que Gregory después de un baño. Tenía el pelo aplastado sobre la cabeza y llevaba puesta una vieja bata de su madre. ¿Por qué ese hombre nunca la sorprendía arreglada?

–Has estado llorando –observó él con suavidad.

–No. Tengo alergia al polen.

Él arqueó las cejas.

–¿Quiere una taza de té, señor James? –ofreció la madre de Carly.

–Mamá, él no bebe té –señaló Carly y lo miró–.

¿Qué estás haciendo aquí? Te dije que no quería que te acercaras a mí nunca más.

–Quería asegurarme de que habías escuchado mis mensajes –contestó él, un poco intimidado por su frío tono.

–Solo el primero, en el que me ordenabas llamarte y me decías que no había sido para tanto y que no tenía motivos para sacar las cosas de quicio. Después de ese, no he querido escuchar ninguno más.

–Es mejor que os deje solos para que habléis –ofreció la madre de Carly.

–Gracias, mamá –dijo ella.

–Cuando te dejé ese mensaje, no estaba pensando con claridad –reconoció él.

–No me digas.

Ignorando su sarcasmo, Dare se pasó la mano por el pelo, agitado.

–Me refería a los otros mensajes.

–No me importan tus otros mensajes. Quiero que te vayas.

Dare miró su hermoso rostro. ¿Era eso lo único que ella tenía que decirle después de haberle entregado su corazón?

–¿Eso es todo? –preguntó él, tratando de calmarse.

–Si quisiera decirte algo más, te habría llamado.

–Claro –dijo él. Se subió la cremallera de la chaqueta y tragó saliva–. Siento haberte molestado.

–Yo siento haberte conocido –murmuró ella.

Dare se detuvo.

–¿Sabes? Cuando un hombre te abre su corazón, igual es más apropiado ser un poco amable con él.

–¿Abrirme tu corazón? –repuso ella con una risa burlona–. Me exiges que te llame como si yo fuera la que había metido la pata... ¿y eso es abrirme tu corazón?

–El único que ha metido la pata aquí soy yo.

–Bueno, al fin estamos de acuerdo en algo. Ahora puedes irte.

Sin poder evitarlo, un sollozo escapó de los labios de Carly. Maldición. No quería llorar delante de él.

–Carly, lo siento. No quería hacerte daño –aseguró él. Entonces, tomó su rostro entre las manos y la besó.

Ella gimió en vez de apartarse. Y Dare la abrazó con fuerza.

–Quiero que sepas que hablaba en serio. Y, si cambias de opinión... mis sentimientos no van a cambiar.

–¿De qué estás hablando? –preguntó ella, levantando la vista hacia él–. ¿Qué sentimientos?

Dare la miró hasta hacerla sentir incómoda durante unos segundos.

–¿Ni siquiera has escuchado mis otros mensajes?

–No. Los borré –reconoció ella, limpiándose la nariz–. No quería... ¿Por qué te ríes? No le veo la gracia.

–Carly, en esos mensajes que borraste, te decía que te quiero.

–¿Qué?

–Te quiero.

–No puede ser. No confías en mí.

–Es verdad. No confiaba en ti. Pero puedo explicártelo.

Dare le habló de su padre y de cómo crecer a su lado le había hecho desconfiar de las relaciones humanas.

–Sin embargo, por mucho que lo he intentado, no podía dejar de pensar en ti. Estás dentro de mi corazón.

Carly se quedó pensativa. Quería creerlo, pero...

–¿Y qué pasa cuando aparezca otro Beckett?

–No habrá otro Beckett porque, en esta ocasión, me entregaré a ti por completo. Dime que no es tarde. Dime que me darás otra oportunidad.

–Cuando salía con Daniel, él me acusaba de acostarme con otros hombres –explicó ella–. Y era horrible.

–Me dijiste que había sido él quien te había enga-
ñado a ti –observó él, frunciendo el ceño.

–Así es. Pero, aun así, me humillaba y me acusaba.
Me hacía sentir estúpida y...

–Y llego yo y te hago lo mismo –comprendió él, sujetándola de la cintura–. Lo siento, Carly. Por favor, perdóname. He sido un tonto. Tenía miedo de sufrir. Por eso
te dejé marchar. No volverá a pasar.

–Yo también tenía miedo –admitió ella–. Miedo de
cometer otro error.

–Eso pertenece al pasado, mi amor. Ahora estamos
juntos. Y solo quiero que te cases conmigo.

–¿Qué? Pero... pero... creí que no querías relaciones
a largo plazo.

–Eso era antes. Hasta que te conocí.

A ella se le inundaron los ojos de emoción.

–¿Sabes? Te quiero tanto que tengo ganas de gritarlo
por la ventana.

–¿Por qué no te conformas con decírmelo a mí?

Ella sonrió.

–¿Cuántas veces quieres que te lo diga?

–Durante toda la vida.

Epílogo

S E casaron al mes siguiente en la mansión Rothmeyer. Asistieron los padres de Carly y la madre
de Dare, con el barón y con Gregory. El día estaba despejado, bañado por una cálida brisa de final
del verano y el aire estaba cargado del perfume de las
flores de los jardines.

Los resultados de las pruebas de Benson habían salido muy bien y se esperaba que todavía viviera muchos años más.

Beckett se había disculpado con su abuelo y con
Carly. Aunque todavía le quedaba hacerlo con Dare.

Pero a Dare no le importaba. Había pagado la deuda
de su primo y había ayudado a que BG Textiles se recu-
perara. Lo único que le importaba era que, al fin, tenía lo
que siempre había soñado, una familia en quien confiar.

En ese momento, su hermosa prometida caminaba
hacia él en el pequeño altar que habían montado junto
a los rosales.

Cuando él le tendió la mano, Gregory corrió hacia
ellos como una bala y empezó a dar saltitos a sus pies.

–Tranquilo, muchacho. Ya es nuestra.

El pequinés se echó al suelo, apoyando la cabeza en
los pies de Dare.

–Yo lo he sacado a pasear y le he hecho carantoñas
un montón de veces, pero nunca he conseguido que me
obedeciera en nada –comentó ella, riendo.

–No te preocupes, pelirroja –le susurró Dare con

ternura–. Yo haré todo lo que tú quieras, durante el resto de nuestras vidas.

Carly miró a su prometido. Y miró la foto de Liv que habían colocado junto al altar. Sí, a su hermana le habría encantado ese hombre. Con lágrimas de emoción, sonrió a la foto. Luego, le dio la mano a Dare y se preparó para encarar el futuro junto al hombre al que amaba con todo su corazón.

Bianca

**Después de una apasionada aventura
y de una triste traición, no deseaba
volver a ver a aquella mujer nunca más...**

Cuatro años después de abandonarlo, Caitlin Burns se reencontró con Flynn Mac Cormac y le dio una sorprendente noticia: tenían una hija en común. Flynn no podía perdonarle que le hubiera ocultado la existencia de la niña y no iba a permitir que lo abandonara una segunda vez, por lo que le exigió que se fuera a vivir con él a su ancestral mansión familiar. Allí criarían juntos a su hija y Flynn disfrutaría de nuevo del cuerpo de Caitlin. Quizá no confiara en ella, pero sabía que entre ellos había una pasión que nada podría destruir...

TRISTE TRAICIÓN
MAGGIE COX

Acepte 2 de nuestras mejores novelas de amor GRATIS

¡Y reciba un regalo sorpresa!

Oferta especial de tiempo limitado

Rellene el cupón y envíelo a
Harlequin Reader Service®
3010 Walden Ave.
P.O. Box 1867
Buffalo, N.Y. 14240-1867

¡Si! Por favor, envíenme 2 novelas de amor de Harlequin (1 Bianca® y 1 Deseo®) gratis, más el regalo sorpresa. Luego remítanme 4 novelas nuevas todos los meses, las cuales recibiré mucho antes de que aparezcan en librerías, y factúrenme al bajo precio de $3,24 cada una, más $0,25 por envío e impuesto de ventas, si corresponde*. Este es el precio total, y es un ahorro de casi el 20% sobre el precio de portada. !Una oferta excelente! Entiendo que el hecho de aceptar estos libros y el regalo no me obliga en forma alguna a la compra de libros adicionales. Y también que puedo devolver cualquier envío y cancelar en cualquier momento. Aún si decido no comprar ningún otro libro de Harlequin, los 2 libros gratis y el regalo sorpresa son míos para siempre.

416 LBN DU7N

Nombre y apellido	(Por favor, letra de molde)	
Dirección	Apartamento No.	
Ciudad	Estado	Zona postal

Esta oferta se limita a un pedido por hogar y no está disponible para los subscriptores actuales de Deseo® y Bianca®.
*Los términos y precios quedan sujetos a cambios sin aviso previo.
Impuestos de ventas aplican en N.Y.

SPN-03

©2003 Harlequin Enterprises Limited

ROBYN GRADY

OTRA OPORTUNIDAD PARA EL AMOR

Jack Prescott, dueño de una explotación ganadera, no estaba preparado para ser padre. Estaba dispuesto a cuidar de su sobrino huérfano porque debía cumplir con su obligación, pero en su corazón no había lugar para un bebé... ni para Madison Tyler, la mujer que parecía empeñada en ponerle la vida patas arriba.

Pero Jack no podía negar la atracción que sentía por Madison, y no tardaron en dejarse llevar por el deseo. Pero la estancia de Maddy era solo algo temporal, y él jamás viviría en Sídney. ¿Cómo podían pensar en algo duradero perteneciendo a mundos tan distintos?

¿DE MILLONARIO SOLITARIO A PADRE ENTREGADO?

¡YA EN TU PUNTO DE VENTA!

Bianca

¿Iba a perder él algo más que su memoria?

El millonario griego Leon Carides lo tenía todo: salud, poder, fama, incluso una esposa adecuada y conveniente… aunque jamás la había tocado. Pero un grave accidente privó al libertino playboy de sus recuerdos. El único recuerdo que conservaba era el de los brillantes ojos azules de su esposa Rose. El deseo que experimentó por ella durante su convalecencia anuló las brechas que había entre ellos en el pasado y, a pesar de sí misma, Rose fue incapaz de resistirse al encanto de su marido. ¿Pero sería capaz de perdonar los pecados del hombre que había sido su esposo cuando este tuviera que enfrentarse a ellos?

DIFÍCIL OLVIDO
MAISEY YATES